Alexander Balloch Grosart, Phineas Fletcher

The Poems of Phineas Fletcher

Vol. 2

Alexander Balloch Grosart, Phineas Fletcher

The Poems of Phineas Fletcher
Vol. 2

ISBN/EAN: 9783337407261

Printed in Europe, USA, Canada, Australia, Japan

Cover: Foto ©Andreas Hilbeck / pixelio.de

More available books at **www.hansebooks.com**

The Fuller Worthies' Library.

THE
POEMS

OF

PHINEAS FLETCHER, B.D.,

RECTOR OF HILGAY, NORFOLK:

FOR THE FIRST TIME COLLECTED AND EDITED:

WITH

Memoir, Essay, and Notes:

BY THE

REV. ALEXANDER B. GROSART,

ST. GEORGE'S, BLACKBURN, LANCASHIRE.

IN FOUR VOLUMES.

VOL. II.:

CONTAINING,

LOCUSTÆ—
THE APOLLYONISTS OR LOCUSTS:
WITH
APPENDIX OF NOTES AND ILLUSTRATIONS—
PISCATORIE ECLOGUES—
&c.

PRINTED FOR PRIVATE CIRCULATION.
1869.

Contents.

I.

Locustæ.

Note.

The following is the original title-page of 'Locustæ':

LOCUSTÆ

vel

Pietas Iɛ-

svitica.

Per

Phineam Fletcher

Colegii Regalis

Cantabrigiæ.

Apud Thomam & Ioannem Bvcke,

celeberrimæ Academiæ Typographos.

Ann. Dom. MDCXXVII. [4to.]

The collation is, Title-page—Epistle Dedicatory 2 pp—Verses by Collins 1 p—Poem pp 25. We have endeavoured faithfully to reproduce this text, errors corrected being pointed out in their places. But besides, it is our privilege to give for the first time from a holograph among the HARLEIAN MSS. (112 et 25 : 3196), not only many various readings, but also two hitherto unpublished 'Dedications'—one to THOMAS MURRAY, Provost of Eton, and another (in Latin Verse) to Charles, Prince of Wales—all in the handwriting of the Author. The death of MURRAY in 1623 explains the withdrawal in the printed Volume of the Dedication to him: and by 1627 the 'Prince' was 'King'. From an erased and not easily or certainly read additional Inscription in the Manuscript, it would seem that the Poet had either before or subsequently, intended to dedicate his 'Locustæ' to a sister. So far as can be made out it runs thus :

" Dedit Sking

ejus Soror."

No trace remains of this sister called ' Sking ' or ' S. King '
either at Cranbrook or any other Fletcherian place.   This
Manuscript of the ' Locustæ ' appears to have belonged to
WANLEY, who had purchased it together with many others
from one Noel—believed to be a Bookseller—on the 13th
August, 1724.   Prefixed to large paper copies of the
present Volume will be found careful facsimiles of (1) A
portion of the MS. of ' Locustæ '.   (2) Close of Epistle to
Murray. (3) Autograph on fly-leaf of Locustæ MS.

The ' Locustæ ' was re-printed in 1678 by Dr. DILLING-
HAM, in his valuable collection of Latin Poetry: on which
and on the Poem itself, and its companion ' The Apollyonists, ' see our Memoir and Essay in the present volume,
where their influence on MILTON is shewn.

With reference to the anti-Popish sentiments of the
' Locustæ ' and the ' Apollyonists ', in his ' Way of
Blessedness' (on which see our Memoir) our Poet-
Preacher is equally impassioned against the Jesuits.
One passage will illustrate " As is the seed, such must bo
the fruit : if then the counsel be evil, the effect and increase
of it cannot be good to any, and commonly is worst to him
that conceives it.   ' He that sowes to the flesh shall of
the flesh reap corruption.'   ' They that sow the wind,
shall reap the whirlwind ': so that even the experience of
all men hath brought it to a proverbo ' Euill counsell
heapes most euill on the Counsellour.'   Witnesse the
infamous conspiracie of Papists, the most bloody, craftie,
malicious and every way devilish counsell that ever the
world heard, which though so long carried with admirable
secresie among so many, yet was the ruine of the com-
plotters and the everlasting shame of that Satanicall

Synagogue: who have in an high measure justified it, in canonizing an hand so died in bloud, and so deepe in this savage, enterprise and have fitted a strawie Saint to a religion of stubble : thus farre may hee be well called Martyr, that he is and ever shall be a witnesse to this truth, namely, that the whore of Rome is bloodie, impudent and ashamed of nothing : and how well Antichrist agrees with Satan, who was a murtherer from the begininng.' (p. 214). The 'strawie saint' is GARNETT on whom see LATHBURY's well known little monograph, with a drawing of the (so-called) miraculous 'straw'. G.

I. " Optimo et mihi colendissimo
semper viro
Thomæ Murreio.*

Qvod nonnullis (neque id raro) Curialibus, id
mihi hodie (Vir summe) homini rusticano conti-
gisse perspicio. Pueritiam alicuj fortasse Heroinæ,
juventutem Magnati, senectam sæpe mendicitati
consecrant. Hoc in me certe convenit qui statim
a pueritiâ Poeticæ ; iuvenis cum essem, Theologiæ,
artium quotquot sunt imperatrici, fidelissime in-
serviens, iam nunc opem tuam implorare, et ad

---

* I am indebted to the present distinguished Prov st
of Eton (Charles Old Goodford, D.D., F.S.A., Rector of
Chilton Cantelo) for the following notice of Murray, to
whom Fletcher addresses the above Epistle : "Thomas
Murray 13th Provost of Eton, was the son of Sir David
Murray, Knight, Gentleman of the Prince's (Charles)
bedchamber. He was Tutor to Charles while Duke of
York, and was with his father naturalized by a private
act (No 25) in the 3rd year of James first. On June 2nd.

mendicorum artes confugere cogor. Nam quod in Poeticæ mercede fieri dolendum, id Theologiæ etiam competere, nunquam satis deplorandum est : Si quis inter Poetas numeratur, qui fœdissimo fabularum contextu Musas publice stuprare, blanditijsve Asinum Aureum sugillare docte noverit, huic laurus unâ fere omnium voce, et præmia satis opima deferuntur. Quod siquis Simonides adhuc superstes est, qui numinis, cælique memor, aliquid honesti admiscere audeat, ad deos (ut ab Hierone ille) non sine risu, satis superbe remititur. Ita sane inter Theologos qui vitijs Patroni parasitando, in sinus tacite illabi scite didicit, quj novi aliquid

------

1605, the King gave him by letters patent, an annual pension of 200 marks. This annuity ceased in the 11th year of James first (see Rymer's Fœdera, vol. 16, page 631.) On February 10th, 1621, James 1st writes to the Vice-Provost and Fellows of Eton, from Newmarket, that he understands "that Sir Henry Savile, Provost of Eton Colledge is soe dangerously sicke that there is small hope of his recovery," and therefore requires "that in case he should decease before you should heare from us, you forbeare to proceed to any election of a New Provost untill our pleasure be further made known unto you." On July 19th, Sir H. Savile, died. On the 23rd the King writes to the Vice-Provost and Fellows that he "has taken unto his recommendation and choice, Thomas Murray, Secretary

in fide comminisci arguteque defendere, qui otiari desidiâ, luxuve torpescere, qui quidvis potius quam Theologum, Pastoremve agere solet, is fere est, quem admirantur plerique, cui vectigalia Ecclesiæ aut conditionibus non tam iniquis (mox elocaturo) conducere, aut vilius emere licebit, aut forte quidem longo tandem obsequio, aut potius servitio demereri. Contra, quos fortiter vociferare, et importune emendicari pudet, qui non schalam ad caulas erectam, sed apertas tandem fores (Christi non immemores) exspectant, ceu mendicos minimum merces, non sine increpatione demittimus. Hinc est quod aut nulla aut perexigua mihi spes

---

to his dearest son the Prince," and as, Mr. Murray hath not taken orders of the Minestrie " the King grants him letters of dispensation, and authorizes the College to " proceed to the Election, any such defect of qualification as is required by statute not withstanding." On the same day, Williams, Bishop of Lincoln and Visitor of the College, then Lord Keeper writes, (see Cabala, page 289) protesting against this dispensation, and arguing that Sir Henry Savile's case makes no precedent for it. He complains of the Fellows electing and admitting Mr. Murray without presenting him to their Visitor, adding " he must first be dispensed withal if his Majesty in his wisdom shall hold it fit, and then elected, first Fellow, and then Provost." I find no trace of this Election thus complained

effulgeat ; cuj et vox nunquam importuna, et ingenium minus quam hæc ætas postulat invere-cundum semper fuit. Huc tamen dura, et plane ferrea necessitas usque impulit, ut ad te hominem facie mihi tantum et fama notum, semel modo aspectum, nullis officijs devinctum confugerem, stipemque timidus quidem sed non omnino exspes flagitarem. Qui mihi unus succurrere potuit Pater sibi tempestive, nobis immature obijt, qui (liceat quod verum est dicere) patriæ multa credidit, nihil debuit ; Patriæ Patrem si appellem, nemo omnium est, qui mihi auxilio sit, aut subsidio. Hoc igitur quicquid est muneris (ut supplicibus

---

of in our register or of Murray having been elected Fellow, although in the presentation of him to the Visitor, dated February 29th, he is called " Unus e sociis colegii nostri" I conjecture that he was elected *pro forma* to comply with the Statutes which require the Provost to have been a Fellow either of King's or Eton College. The Visitor in his letter of institution dated March 2nd, speaks of him as one of the Fellows. Murray did not enjoy the office long having died April 9, 1623. He was buried in the Chapel of Eton College where a large monument erected by his wife gives him a high character for piety, learning and wisdom. In Harwood's ' Alumni Etonensis ' it is stated he was collated to the Mastership of Sherburn Hospital near Durham, in 1606. It is also stated there that he

nunc necesse est) ad te deferre certum est; Musas
dico has (da veniam verbo) commendicas. Sed
liceat mihi obsecro te ijsdem versibus nascentis,
imo fæliciter crescentis nostræ spei prudentissimum
Censorem, quibus suum Poeta Censorinum affari.

 Donarem pateras, grataque commodis
 (Censorine) meis æra sodalibus,
 Sed non hæc mihi vis, non tibi talium
 Rei est, aut animus deliciarum egens.
Verum ut ille, si
 Guades carminibus, carmina possumus
 Donare, et pretium dicere muneri.
Neque diffitendum est, quin ipsa, si accuratius
inspexeris, parum compta, nec ut curiam decet
intentia, imo certe squalida potius, et pædore
obsita apparuerint; quippe in luctu meorum com-
posita, situ diuturno sepulta, et hac tandem necessi-
tate resuscitata, in lucem (tanquam Musarum um-
bræ) desuetam prodeuntia. Versus enim et male

---

suffered imprisonment for his zeal in opposing the
marriage of Charles with the Infanta of Spain, but I
cannot reconcile this statement with the date of his
appointment to the Provostship. I suspect there must
be some confusion between this marriage and one proposed
for Prince Henry, as the stoppage of Murray's pension
nearly coincides with this." G.

tornati, neque unquam incudi postea redditi, et
multa inter (inimica Musis) negotia descripti sunt.
Siquid erratum est, pro humanitate tua ignosces,
versusque ipsos, eorumque authorem iu tutelam
tuam, famulitiumque recipies. Sic te, spemque
nostram tibi auspicato commissam, fortunet deus.
Sic Carolus noster (ut diuinus olim ille puellus)
annis virtutibus, gratiaque apud deum hominesque
quotidie excrescat,

> E familia tibi maxime
> devinctâ, et devotâ,
> natu maximus.
> ### PHINEES FLETCHER.

II.   Illustrissimo Principi
Walliæ Carolo.*

O decus, o ævi, et gentis spes maxima nostræ,
Deliciæ Anglorum, fausti faustissima Patris
Progenies, cui Musæ omnes sua munera lætæ
Cui secat ipsa suas Pallas æqualiter artes,
Sive libet iaculo contendere, sive potenti
Robora muliere, et montes deducere cantu.

---

* See Note on MURRAY, *supra* : afterward Charles I. G.

Si tibi regales indulgent otia curæ,
Accipe, parva quidem, sed non indebita mentis
Munera, quæ ignoti cecinit nova fistula vatis
Carmina, nascentemque fove (tua regna) poetam.
Non is, non ausus (nec tanta fidentia Musæ)
Laurus inter Apollineas, palmasque virentes
Vix raucâ dignos stipulâ disperdere cantus,
Sed spretas inter salices ulvamque palustrem
(Exosas Musis salices) miserabile carmen
Integrat, innatosque animi depascitur æstus.
Qua pater externis Chamus vix cognita rivis
Flumina demulcens, Regales alluit hortos
Templaque submissis veneratur Regia lymphis.

O mihi supremæ maneat pars tarda senectæ,
Dum tua facta licet totum mihi ferre per orbem;
Non me carminibus Linus, non vicerit Orpheus;
Maximus ille licet, quem iactat Mantua, vates,
Maximus ille tamen dicet se carmine victum;
Tu modo si faveas infanti Carole Musæ.
Accipe tu trepidantem, atque hanc sine tempora
        circum
Phœbæas inter myrtum succrescere lauros.

Sic tibi florentem cœli Pater ille iuventam
Propitius foveat, sic, cum tibi plenior ætas,
Ipsa tuis Regum Meretrix succumbat ab armis
Roma, et septenos submittens diruta colles,
Victa tuos decoret non surrectura triumphos.

III. Rogero Townshend, Equiti Baron.

Musarum omnium Patrono, vere nobili, mihique amicissimo.

Magnum illud (optime Musarum pridem Alumne, nunc Patrone) imo plane maximum nobis vitium inest, altius naturæ (penitius corruptæ) defixum et defossum, cum injurias imo, & memori sub corde, beneficia summâ tantum linguâ, & primoribus vix labris reponimus. In illis retinendis quam tenaces, pertinaces ? In his (præsertim diuinis) quam lubrici, & prorsus elumbes ? Illa Gentis Israeliticæ tyrannide plusquam ferreâ (ad vitæ tædium) depressæ in libertatem vindicatio (Proh Deus immortalis !) qualis, quanta ? Ægyptios, Regemque adeo ipsum tumentem odiis ferocemque plurimis, cruentisque admodum plagis maceratos, quam leues viderant, & humanos ? Maximos hostium exercitus (totumque adeo Ægypti robur) sine hoste deuictos, sine ferro deletos conspexerant : Fluctuum ipsi mœnibus vallati, illos molibus depressos & demersos spectaverant : Rupem sitientibus in flumina liquatam, solum esurientibus pane cœlesti, epulisque instructissimis constratum, imò (ut nunc moris est) ferculis in cubitos coacervatis plane contectum degustârant. Quam subitâ tamen oblivione hæc omnia prorsus evanuerunt ?

Miracula sane magna, & stupenda : sed (ut nobis
in Proverbio est) non ad triduum durantia. Id nobis hodie vitii est : Celebris illa anni Octogesimi
Octavi pugna, imo potius sine pugnâ victoria,
penitus nobis excidit. Heu[1] ! quam cito ! Vidimus
Hispanos ante prælium ovantes, dictisque, imo,
scriptis ἐπινικίοις priusquam solverent triumph-
antes : Sed quod nos de Martio dicimus, rabie
plusquam leoninâ mensem auspicari, abire vel
agnellâ leniorem, id divino adjutorio classi Invictæ
contigit. Quin et sulphurea quidem illa,
Tartarea imo sane nullo unquam dæmone vel
sperata machinatio divinis solum oculis patens,
divinâ solum manu patefacta quam cito, quam
prorsus intercidit ! Vix ulla (atque illa certe exesa,
penitusque contempta) proditionis tam horrendæ,
liberationis tam stupendæ monumenta restant.
Negant impudentes Papistæ, pernegant, ejurantque.
Quin et nos diem tanto beneficio illustrem quam
pigri et enervosi ab illorum mendaciis, calum-
niisque vindicamus ! Ignoscent igitur mihi
æqui judices, si Poetarum minimus scelerum
omnium longe maximum, crasssâ (ut aiunt)
Minervâ contextum ad perpetuam Iesuiticæ
Pietatis memoriam, ad animos Brittanorum exci-
tandos, honoremque Deo Servatori restaurandum,
in lucem emiserim.

---

1 Misprinted 'hui'   G.

Ignoscent alii : Tu vero Equitum nobilissime,
aliquod fraterni, sive paterni potius genii vestigium
agnosces, et vultu non illæto munusculum accipies
ab homunculo

    Tuæ dignitati devotissimo.

       Phin. Fletcher. [1]

Ad P. F.

Pro approbatione Redargutio, sed amica
atque honora.

Quid istoc esse Phinea dixerim rei
Fletchere, Vatum Sanguis, & vatum caput,
Hostem ut professus sceleris atrocissimi
Styloque pectoreque proditorii,
Eousque carmine alite & fama vehas,
Cœloque tradas, inferasque Seculo
Fere ut pigendam feceris nobis Fidem,
Quicunque patriæ nil sinistre movimus,
Stetimusque sol⁻ da vividum Constantia,
Quam nemo simili cecinit, aut clanget tuba ?
An forte quale Mæonidem ferunt patrem,
Genuinus ut sciare ab illo Surculus ?

---

1 This Epistle and the following Verses, are prefixed to
the published edition of the ‘Locustæ’ (1627). On Townshend, see Memorial-Introduction to Giles Fletcher p.p. 25,
26. The ‘S. Collins’ was probably the author of a quaint

Διεξιὼν, Ὅμηρε, τὴν κεκαυμένην

Φθονεῖν ἀφῆκας τὰς ἀπορθήτους πόλεις.

Tui faventissimus,

S. COLLINS.

---

and amusing little book, giving an account—like the paternal Fletcher's—of ' the present State of Russia ' [London 1671]: on which see Retrospective Review xiv. 32 47. In Allin's MS.—mentioned in Memoir *ante*— Collins is described as ' our ' Samuel Collins of 1633. G.

Locusta
Vel
Pietas Iesu-
Etica.

Panditur Inferni limen, patet intima Ditis
Ianua,[1] concilium magnum, Stygiosque ; Quirites
Accitos, Rex ipse nigra in penetralia cogit.
Olli conveniunt, volitant umbrosa per auras
Numina, Tartareoque ; tumet domus alta Senatu.
Considunt, numeroque ; omnes subsellia justo
(Concilium horrendum) insternunt, causamque ;
     flucndi
Intenti expectant : solio tum Lucifer alto
Insurgens, dictis umbras accendit amaris,
Manesque ; increpitans cunctantes ; Cernitis, inquit,
(Cœlo infensa cohors, exosa, expulsaque ; cœlo)
Cernitis, ut superas mulcet Pax aurea gentes ?
Bella silent, silet injectis oppressa catenis
Inque Erebum frustrae terris redit exul Erinnys.

1 MS.' 'Regia'. G.

Divino interea resonant Sacraria verbo,
Indomitus possessa tenet suggesta Minister,   .
Et victus, victorque : novos vocat impiger hostes :
Et nunc ille minis stimulans, nunc læta reponens,
Scite animos flectit monitis, et corda remulcet.

 Quin etiam sancti[1] vulgata Scientia Scripti
Invexit superos terris, et luce coruscâ
[2]Dissolvit tenebras, noctemque; excussit inertem.
Crescit in immensum Pietas, finesque recusat
 Relligionis amor : fugit Ignorantia, lucis
Impatiens, fugit Impietas, artusque pudendos
Nuda Superstitio, et nunquam non devius Error.
[3]Vim patitur, gaudetque ; trahi cœleste rapique
Imperium : quin et gentes emensa supremas,
Virginiam (nostras, Vmbræ, tot secula sedes)
Aggreditur, mox Cocytum,[4] Stigiasque paludes
Tranabit, vix hunc nobis Acheronta relinquet.

---

1 MS., ' sacri ' G.

2 MS., inserts here,

 ' Et nunc illa quidem gentes emensa supremas
 Imperium terris æquat, cœloque profundo.' G.

3 This and following line are not in MS : there appear
in their place

 ' Nunc etiam gentes multâ olim nocte sepultas
 Virginiam nostras (umbræ) tot sæcula sedes.' G.

4 MS., 'et manes ' G.

Nos contra immemori per tuta silentia somno
Sternimur interea, et mediâ jam luce supini
Stertentes, festam trahimus, pia turba, quietem.
Quod si animos sine honore acti sine fine laboris
Pœnitet, et proni imperii regnique labantis
Nil miseret, positis flagris, odiisque remissis
Oramus veniam, et dextras præbemus inermes.
Fors ille audacis facti, et justæ immemor iræ,
Placatus, facilisque; manus et fœdera junget.
Fors solito lapsos (peccati oblitus) honori
Restituet, cœlum nobis soliumque; relinquet.
¹At me nulla dies animi, cœptique prioris
Dissimilem arguerit: quin nunc rescindere cœlum,
Et conjurato victricem milite pacem
Rumpere, ferventique; juvat misere tumultu.

    Quo tanti cecidere animi? Quo pristina virtus
Cessit, in æternam quâ mecum irrumpere² lucem
Tentâstis, trepidumque; armis perfringere cœlum?
Nunc vero indecores felicia ponitis arma,
Et toties victo imbelles conceditis hosti.
Per vos, per domitas cœlesti fulmine vires,
Indomitumque; odium, projecta resumite tela;
Dum fas, dum breve tempus adest, accendite
     pugnas,

---

1 A new paragraph commences here in MS.   G.

2 MS., ' invadere'   See facsimile in Vol. I (*l p* copies)
G.

Restaurate acies, fractumque; reponite Martem.
Ni facitis, mox soli, et (quod magis urit) inulti
Æternum (heu[1])vacuo flammis cruciabimur antro.
Ille quidem nullâ, heu, nullâ violabilis arte,
Securum sine fine tenet, sine milite regnum;
A nullo patitur, nullo violatur ab hoste :
Compatitur tamen, inque suis violabile membris
Corpus habet : nunc ô totis consurgite telis,
Qua patet ad vulnus nudum sine tegmine corpus,
[2]Imprimite ultrices, penetusque recondite flammas.
Accelerat funesta dies, jam limine tempus
Insistit, cum nexa ipso cum vertice membra
Naturam induerint cœlestem, ubi gloria votum,
Atque animum splendor superent, ubi gaudia
    damno
[3]Crescant, deliciæque modum, finemque recusent.
At nos supplicio æterno, Stygiisque catenis
Compressi, flammis et vivo sulphure tecti
Perpetuas duro solvemus carcere pœnas.
[4]Hìc anima, extremos jam tum perpessa dolores,
Majores semper metuit, queriturque remotam,
Quam toto admisit præsentem pectore, mortem,
Oraque cæruleas perreptans flamma medullas

---

1 MS, drops 'heu' G.

2 MS, makes the lines numbered 2, 3, 4, as new paragraphs. G.

Torquet anhela siti, fibrasque atque ilia lambit.
Mors vivit, moriturque inter mala mille superstes
Vita, vicesque ipsâ cum morte, et nomina mutat.
Cum vero nullum moriendi conscia finem
Mens reputat, cum mille annis mille addidit
      annos,[1]
Præteritumque nihil venturo detrahit ævum,
Mox etiam stellas, etiam superaddit arenas,
Iamque etiam stellas, etiam numeravit arenas ;
Pœna tamen damno crescit, per flagra, per ignes,
Per quicquid miserum est, præceps ruit, anxia
      lentam
Provocat infelix[2] mortem ; si forte relabi
Possit, et in nihilum rursus dispersa resolvi.
    Æquemus meritis pœnas, atque ultima passis
Plura tamen magnis exactor debeat ausis ;
Tartareis mala speluncis, vindictaque cœlo
Deficiat ; nunquam, nunquam crudelis inultos,
Immeritosve Erebus capiet : meruisse nefandum
Supplicium medios inter solabitur ignes,
Et licet immensos, factis superâsse dolores.
Nunc agite, ô Proceres, omnesque effundite technas,

---

1 MS, in this line reverses the two words ' annis ' and
' annos ' making the former ' annos ' and the latter ' annis '
G.

   2 MS, ' infelix ' G.

Consulite, imperioque alacres succurite lapso.
  Dixerat, insequitur fremitus, trepidantiaque
      inter
Agmina submissæ franguntur murmure voces.
Qualis, ubi Oceano mox præcipitandus Ibero
Immineat Phœbus, flavique[1] ad litora Chami
Conveniunt, glomerantque per auras agmina muscæ,
Fit sonitus : longo[2] crescentes ordine turbæ
Buccinulis voces acuunt, sociosque vocantes,
Vndas nube premunt ; strepitu vicinia rauco
Completur,[3] resonantque accensis litora bombis.[4]
  Postquam animi posuere, sonique relangüit aestus,
Excipit Æquivocus, quo non astutior alter
Tartareos inter technas effingere Patres.
Illi castra olim numero farcibat inerti
Crescens in ventrem Monachus, simul agmine
      juncti
Tonsi ore, et tonsi lunato vertice Fratres :
At nunc felici auspicio Iesuitica Princeps
Agmina ducebat, veteranoque omnia late
Depopulans, magnas passim infert milite clades.
Illum etiam pugnantem, illum admirata loquentem

---

1 MS, 'flavisque' G.   MS, 'longoque accrescent' G.
3 MS, 'complentur' G.
4 MS, inserts after this,
    'Nomine dissimiles, et versi coloribus armis.' G.

Circuit, et fremitu excepit plebs vana secundo.
[1]Composuere animos omnes, tacitique quiêrunt :
Surgit, et haud læto Æquivocus sic incipit ore.

 O Pater, ô Princeps umbrarum, Erebique po-
  testas,
Vt rebare, omnes nequicquam insumpsimus artes :
Nil tanti valuere doli ; nihil omnibus actum
Magnorum impensis operum, verum omnia retro
Deterius ruere, inque bonum sublapsa referri.

 Non secus[2] adverso pictum tenet amne phaselum
Anchora, si funem, aut mordaces fibula nexus
Solverit, atque illum pronâ trahit alveus undâ.
Nec quenquam accusa, tentatum est quicquid apertâ
Vi fieri, aut pressâ potuit quod tectius arte.
Ille Pater rerum, cui frustra obnitimur omnes
(Sed frustra juvat obniti) vim magnus inanem
Discutit, et cœlo fraudes ostendit aprico.
Quin soliti lento Reges torpescere luxu,
Paladiis nunc tecti[3] armis, Musisque potentes,
In nos per mediam meditantur prælia pacem.
Nec tamen æternos obliti, absiste timere,
Vnquam animos, fessique ingentes ponimus iras.

---

1 MS, reads,

'Postpuam composuere animos, tacitique quierunt.' G.

 2 MS, ' Et velut adverso.' G.

 3 MS, 'cincti.' G.

Nec fas, non sic deficimus, nec talia tecum
Gessimus, in cœlos olim tua signa sequuti.
Est hîc, est vitæ, et magni contemptor Olympi,
Quique oblatam animus lucis nunc respuat aulam,
Et domiti tantum placeat cui Regia cœli.
Ne dubita, nunquam fractis hæc pectora, nunquam
Deficient animis : prius ille ingentia cœli
Atria, desertosque æternæ lucis alumnos
Destituens, Erebum admigret, noctemque pro-
    fundam
Et Stygiis mutet radiantia lumina flammis.
Quod si acies, fractasque iterum supplere catervas
Est animus, sciteque malas dispergere fraudes ;
Non ego consilii, armorum non futilis author :
Nec veteres frustra, Genitor, revocabimus artes,
Sed nova, sed nulli prorsus speranda priorum
Aggredienda mihi conamina ; Non ego lentos
Nequicquam adstimulem Fratres, alvumque se-
    quentes
Distentam Monachos : dum nox, dum plurima
    terris
Incumbens caligo animos sopivit inertes,
Non ingratus erat Fratrum labor, omnia nobis
Artibus ignavis dederat[1] secura, trahensque[2]
Invisam cœlo lucem, tenebrisve[3] nitentem

---

1 MS, ' præstant ' G. 2 MS, ' trahuntque ' G.
3 MS, ' penitusve ' G.

¹Involvens, jam nube diem, jam nocte premebat.
  At nebulas postquam² Phæbus dimovit inanes,
Tartareæ³ immisso patueruut lumine sordes,
Nec patitur lucem⁴ miles desuetus apertam.
Nunc alio imbelles tempus supplere cohortes
Milite, et emeritos castris emittere Fratres :
Nunc Icsuitarum sanctum prodentia nomen
Arma, manusque placent : juvat ipsum invadere
    cœlum,
Sideraque hærentemque polo detrudere solem.
Iam mihi sacratos felici milite Reges
Protrahere, atque ipsum cœli calcare tyrannum
Sub pedibus videor : nihil isto milite durum,
Nil sanctum, clausumque manet, quin oppida late
Præsidiis, urbesque tenent : jam limina Regum,⁵
Iamque adyta irrumpunt, vel mollibus intima
    blandi

---

1 MS, reads

  ‘ Obscurant multâque diem caligine miscent ’
and adds

    ‘ Ut grando exiguâ variatur luce, diemque

    Nec totum admisit, nec totum depulix umbra.’

  2 MS, ‘ postquam nebulas ’   G.

  3 MS, ‘ Tartarcæque patent immisso ’ :   misprinted in
author's edn.   ‘ Tratareæ ’   G.

  4 MS. ‘ lucem patitur ’   G.

  5 MS, ‘ Principis aulas ’   G.

Corda dolis subeunt, vel ferro et cæde refriuguut.
Hi vetulæ fucum Romæ, pigmentaque ; rugis
Aptantes, seros effœtæ nuper amores
Conciliant, lapsumque decus, formamque ; reponunt
Ni facerent (noctem cælique inamabile lumen
Testor) mox aliæ sedes, nova regna per orbem
Exulibus querenda, soloque atque æthere pulsis :
Cocytus tantum nobis, Erebusque pateret.
Quin tu (magne Pater) Stygias reclude cavernas,
Ac[1] barathrum in terras, Orcumque ; immitte
        profundum ;
[2]Insueti totum Superi mirentur Avernum.

   Hic solita infidis inspiret[3] prœlia Turcis ;
Sarmatas hic, gelidosque incendat Marte Polonos,
Germanosque duces, hic Reges inflet Iberos ;
Regnorumque sitim, et nullo saturabile pectus
Imperio stimulet, diroque intorqueat æstu.
Ite foras Stygiæ (Princeps jubet) ite catervæ,
Vipereas inferte manus, serite arma per agros,
Et scelerum, et fœti dispergite semina belli :
Ast ego Tarpeium Tiberina ad flumina Patrem,
Conciliumque petam solus, mea regna, Latinum,

---

1 MS, ' Et ' G.

2 ' Dum superi totum insueti.' G.

3 MS, ' aspiret ' G.

Murice vestitum, rubeoque iusigne galero.
Mox scelere ingenti, atque ingenti cæde peractâ
Regrediar, Stygiasque domus, et inania late
Vndique collectis supplebo regna colonis.
At tu, magne Pater, fluitantes contrahe manes ;
Præcipitesque vias, latosque extende meatus :
Vt patulo densum volitantes Orcus hiatu
Corripiat rabidus mentes, intusque recondat.

Dixit : et illæti perfracto limine Averni
Exiliit primus, lucemque invasit apertam.
Insequitur deforme Chaos ; ruit omne barathrum,
Fœda, horrenda cohors : trepidant pallentia cœli
Lumina, et incerto Tellus tremit horrida motu.
Ipse pater pronos laxatis Phœbus habenis
Præcipitat currus, et cœlo territus exit.
[1]Succedit nox umbrarum, cœlumque relictum
Invadit, multaque premit caligine terras.

Non secus Æoliis emissi[2] finibus Austri[3]
Omnia corripiunt, terrasque undasque tumultu
Miscent ; arboreos fœtus, segetemque resectam

---

1 In MS, these two lines read
    Succedunt trepidi Manes, cælumque relictum,
    Desertasque premunt multa caligine terras.　G.
2 MS, ‘ emissæ ’　G.
3 MS, ‘auræ.’　G.

[1]Turbine convellunt rapido, verruntque per auras.
Ast oculis longe mœstus sua vota colonus
Insequitur, totoque trahit suspiria corde.
Senserat adventum, subitoque inferbuit æstu
Terra, odiisque tumet, fœto[2] jam turgida bello :
Circum umbræ volitant, fraudesque et crimina
        spargunt.
  Hic gelidos semper nivibus, glacieque Polonos
Exacuit, taciteque subit Iesuitica totus
Pectora, jamque dolos, cædesque, inspirat; at illa[3]
Arripiunt avide flammas, notæque per ossa
Discurrunt furiæ, inque sinus inque ilia serpunt
  Iamque in cognatos meditantur bella Suëvos,
Sarmaticasque ardent Romano adnectere[4] gentes
Pontifici, et Græcas templis expelleac leges.
Fictitiam Regis sobolem, consutaque belli
Crimina supponunt vafri, mentitaque veris
Texunt, Sarmaticosque implent rumoribus agros.
Cædibus accrescit bellum, regnique medullis
Hæret inexpletum : semper nova prælia victus
Integrat : erubuere nives jam sanguine tinctæ

---

1 MS, reads here,
        ' Turbatove cient ingentes æquore fluctus,
        Navita dum pavitans infidum Nerea dixis
        Exagitat, monensque infaustas devovet artes '   G.
2 MS, ' multo ' G.   3 MS, 'illi' G.
4 MS, ' annect ' G.

Purpureo, et tepidâ solvuntur frigora cæde.
Ast alii Graias olim cognomine terras,
Graias Pieriis gratissima nomina Musis :
Nunc domitos tutus consedit Turca per agros.
Invisunt alacres bello loca fœta perenni,[1]
Et tenero cædem inspirant et prælia Regi.
Nunc oculo, nunc voce ferox, nunc fronte minatur,
Non epulis luxuve puer, non ille paternâ
Desidiâ gaudet ; sed bella, sed aspera cordi
Ira sedent, sævamque superbia Turcica mentem
Inflat, et ingentes volvit sub pectore motus.
Aut is linigeras aptabit classibus alas,
Aut galeas finget, clypeosque, et (fulmina belli)
Tormenta, impositis strident incudibus æra.
Et nunc ille ferox Persas Asiamque rebellem
Subjiciens, totum spirat de pectore Martem,
Exultansque animis multâ se suscitat irâ.
Heu quæ Christicolis cædes, quam debita pestis
Iniminet? Heu quantus tanto timor instat ab
  hoste ?
Ni tu, Christe, malum avertas, tu fulmina, Christe,
Dispergas, et vana manu conamina ludas.
 Interea toto dum bella seruntur in orbe,
Italiam Æquivocus magnam, et Tiberina fluenta

---

1 MS, ' furenti ' G.

Adveniens, intrat feralis mœnia Romæ.
Nec mora, nota subit mitrati tecta Tyranni,
Quaque incedit ovans, adytisque vagatur opacis,
Iusperata Erebo vel aperto crimina sole
Gaudet ubique tuens, messemque expectat opimam.
[1]Dicite, Pierides, quis nunc tenet Itala primus
Arva? Quibus tandem gradibus, quo principe Reges
[2]Exuit, et pingues aptans sibi Roma cucullos,
[3]Subjicitur raso modo facta Sororcula Fratri?
Siccine decrepiti puerascunt tempore mores,
Pontifice Augustum ut[4] mutent, Monachoque:
        Monarcham?
   Postquam res Latii totum porrecta per orbem
Creverat, et terras Vrbi subjecerat uni,
Substitit, et justo librata in pondere sedit.
At mox prona ruens, in se conversa, relabi
[5]Cœpit, et effœtam vix jam, vix sustinet urbem.
[6]Haud secus alternis crescentes fluctibus undæ
Incedunt, facilesque; Actæ superantia clivos

---

1 MS, new paragraph.   G.

2 MS, reads

Exuit? inque manus monachi concessit opimi?   G.

3 This line not in MS.   G.

4 MS drops ' ut.'   G.

5 MS, reads

Cæperat et effætamque senex......G.

6 MS, new paragraph.   G.

Æquora prorepunt tacite, mox litora complent,
Subjectasque ; procul despectant vertice terras :
Iamque ; viarum incerta hærent, mox prona rece-
 dunt,
Defervensque ; undis paulatim in se ipse residit
Nereus, et nulli noto caput abdidit alveo.
[1]Interea Patrum manibus cælestia passim
Semina sparguntur, surgit cum fœnore campis
Læta seges, plenisque ; albescunt[2] messibus arva.
At simul hirsutis horrebat carduus agris,
Et tribuli loliique ; nemus, simul aspera lappæ
Sylva, et lethæos operata papavera somnos.
Quippe hominum cælique ; hostis,[3] dum membra
 colonis.
Fessa quies laxat, tritico vilemque ; faselum[4]
Miscuit infestus, viciasque ; aspersit inanes.[5]
Mirantur lolium agricolæ, mirantur avenas,
Mortiferasque ; horrent mediis in messibus herbas.[6]

---

1 *Ibid.* G.   2 MS, ' rubescunt.' G.
 2 MS, reads
  ....hostis vilemque faselum. G.
 3 MS, reads
  .... miscuit, et primo sementis tempore segnem.
 5 MS, reads
  Impersit segetem, viciasque infudit inanes. G.
 6 MS, reads
  Infestasque stupent mediis in messibus herbas. G.

Quin etiam imperio Christi Pro-christus eodem
Parvus adhuc, claususque ; utero succrevit opaco :
Iamque ; vias trudens tentaverat, integra Romæ
Auspicia impediunt, ausisque ; ingentibus obstant.
At Latiis[1] postquam imperium[2] segnesceret arvis,
Inque ; Bisantinas sensim concederet urbes,
Exilit, et justo prodit jam firmior ævo.
Mox etiam laxis[3] paulatim assuetus habenis,
Mauricio scelere extincto, duce et auspice Phoca,
Excutit aurigam, inque rotas succedit iuanes.
[4]Et nunc rasorum longus producitur ordo
Pontificum, magicâque rudem, Stygiâque popellum
Arte ligans, Itala[5] solus dominatur in aula.[6]
[7]Iamque furens animis, et torquens[8] fulmina,
         sceptrum[9]
Paulus habet clavesque manu violentus inanes[10]

---

1 MS, ‘ Postquam Latiis   G.

2 MS, ‘ regnum ’   G.

3 MS, ‘ laxis etiam ’   G.

4 MS, reads
   Nunc etiam longus rasorum accreverat ordo.   G:

5 MS, ‘Latia ’   G.   6 MS, ‘ arce ’   G.

7 MS, ‘ et jam ’   G.   8 MS, ‘ Fulmina torquens ’ G.

9 MS, ‘ sceptra ’   G.

10 MS, ‘ inertes ’   G.

Projiciens[1] Petri, gladio succinctus acuto
Intonat, et longe distantes territat urbes,
Stulte, quid æterni crepitantia fulmina Patris,
Cœlestesque minas, et non imitabile numen
Ignibus, ah, fatuis simulas? Venetosque sagaces,
Et non fictitio terrendos igne Brittanos
Exagitas? Ast hi contra, cum debita poscunt
Tempora (non illi voces, verbosaque chartæ
Fulmina) tela alacres, verasque in mœnia Romæ
Incutiet flammas, carnesque, et viscera mandent.
    Arma foris Regum Meretrix vetula, arma dolos-
        que
Exercet, Circæa domi sed carmina, et artes
Infandas magicis dirum miscendo susurris
Irritas flammis[2] durosque obtrudit amores.
At cum feralis langvet saturata libido,
In facies centum, centum in miracula rerum
Corpora Lethæo transformat adultera cantu.
Aut Asini fiunt, Vulpesve, hirtive Leones,
Atque Lupi, atque Sues, atque exosæ omnibus
        Hydræ.
Illi capta quidem dextro, sed acuta sinistro
Lumine, deformis cæcæ Ignorantia portæ

---

1 MS, 'Rejiciens' G.
2 MS, 'flammas' G.

Excubat, et nebulis aditus, et limen opacat.
Filius huic Error comes assidet; ille vagantes
Excipit hospitio, et longis circum undique ducit
Porticibus, veterumque umbras, simulacraque rerum
Mirantes, variis fallit per inania ludis[1]
Intrantem prensat mores venerata vetustos
Stulta superstitio, propsranteque murmura voce
Præcipitans, votis Superos, precibusque fatigat.
  Interius scelus imperitat, fœcundaque regnant
Flagitia, et mentes trudunt, rapiuntque nefandas.
Inficit hic cœlos audax, Christumque venenans
Porrigit immistis Regi sacra tanta cicutis.
Lethalem ille Deum, atque imbutam morte salutem
Ore capit, multoque lavat peccata veneno.
Hic clavos, virgasque, crucemque, tua (optime
        Iesu[2])
Supplicia, hastamque innocuo sub corde refixam,
Hic truncum, hic saxum (saxo contemptior ipso)
Propitium implorat supplex, Stygiisque ululantes
Speluncis flexo veneratur poplite manes.
Hic Cereri, et fluido procumbit stultus Iaccho,
Quosque colit vorat ipse Deos, et numina plenus
(Ah scelus!) abscondit venis, alvoque reponit.

-----

1 MS, 'opaca Mæandris' G.

2 MS, 'Jesu.' G.

Hic caligantes, cœlum execratus apertum,
Te magicos, Iesu, te immittens Sagus in ignes,
Vmbras imperiis audax, Stygiumque nefando
Ore Iovem, totumque vocat de sedibus Orcum.[1]
Romulidûm[2] ille[3] Patrum, primæque haud im-
    memor urbis,
Et fovet ipse lupas, atque ipse fovetur ab illis,
Hic sobolem impurus prohibens, castosque hymen-
    æos,
Ah, pathicos ardet pueros, et mascula turpis
Scorta alit; (heu facinus terris, cœloque pudendum
Ausus !) purpureo quin mox Pater ille galero
Emeritos donat, proceresque, oviumque magistros
Esse jubet, mox dura Pater, Musisque tremenda
Laudat, et incestis[4] tutatur crimina Musis.

    Nec requies, fervent nova crimina, fervet honorum
Nummorumque infanda sitis ; tumet improba fastu
Conculcans stratos immensa Superbia Reges.
Venerat huc, lætusque animi vetera agmina lustrans
Æquivocus falsi subiit penetralia Petri :
Quem super Anglorum rebus, Venetoque tumultu
Ardentem curæ, et semper nova damna coquebant.

---

1 MS, inserts here

    Hic pater accepto castu fovet ære lupanar.   G.

2 MS, adds 'que'   G.   3 MS, drops 'ille'   G.

4 MS, reads ' Ah ! male nutritis'   G.

Huic Stygias sub corde faces, omnesque nefando,
Pectore succendit furias, ille improbus irâ
Concilium vocat. Agglomerant imberbia Fratrum
Agmina, concurrunt veteranis ordine longo
Insignes ducibus Iesuitæ, animisque parati,
Sive dolo libeat, seu Marti fidere aperto.
Discumbunt, sedet in mediis diademate Paulus
Tempora præfulgens triplici, vultuque dolorem
Præfatus, sic tandem iras, atque ora resolvit.

Nil pudet incepto[1] victos desistere ? fessos
Deficere, extremoque ; fere languere sub actu,
Nec posse instantem Romæ differre ruinam ?
Fata vetant : mene incertis concedere fatis ?
Inclusus latebris Monachus tot vertere prædas,
Tot potuit Patri Romano avellere gentes ?
Ast ego, quem strato venerantur corpore, sacris[2]
Blanda etiam pedibus libantes oscula Reges :[3]
Quem Superi,[4] quem terra tremit, manesque;
    profundi,
Qui solio Christi assideo, Christo æmulus ipsi,
Tot mala quotidie, et semper crescentia inultus
Damna fero: et quisquam Romanum numen
    adoret ?

---

1 MS, 'incœpto.' G   2 MS, 'reges.' G.
3 This line not in MS. G.
4 MS. ' cœlum.' G.

Aut vigiles supplex munus suspendat[1] ad aras ?
Iam Veneti juga detrectant, et jussa superbi
Destituunt, Batavus nulla revocabilis arte
Effugit, longeque ; escas laqueosque recusat.
Gallia tot compressa malis, tot cladibus acta
Deficit, et jam dimidiâ plus parte recessit.
Ille Navarrenâ infelix[2] ex arbore ramus
(Exosum genus, et divis hostile Latinis)
Quanquam oculos fingens placidos, vultusque ;
　　serenat,
Aggerat ingentem memori sub corde dolorem.
　　Et velut ille fame, et vinclis infractus ahenis,
Oblitusque ; leo irarum, caudamque ; remulcens
Porrectas manibus captabit leniter escas :
Si semel insueto saturaverit ora cruore,
Mox soliti redeunt animi : fremit horridus irâ,
Vincula mox et claustra vorat, rapit ore cruento
Custodem, et primas domitor lacer imbuit iras.
Quid referam totâ divisos mente Britannos,
Quos neque blanditiæ molles, non aspera terrent
Iurgia, non ipsos sternentia fulmina Reges ?
Heu sobolem invisam, et fatis majora Latinis
Fata Britannorum ! Centum variata figuris
Proditio flammis, ferroque, atroque ; veneno

---

1 MS, ' suspendet ' G.　　2 MS, ' infœlix ' G.

Nil agit : infensum detorquet vulnera numen.
Nil Hispana juvat pubes, nil maxima classis,
Quam Tellus stupuit, stupuit Neptunus euntem,
Miratus liquidum sylvescere pinibus æquor.
Quin toto disjecta mari fugit æquore prono,
Iamque; relaxatos immittens navita funes,
Increpitat ventos[1] properans, Eurosque :[2] morantes.
Tot[3]   precibus   properata   ægre,   frustraque ;
    redempta
Quid læti tulit illa dies, quâ sidus Elisæ.[4]
Occidit, et longo solvit se Roma dolore ?
Occidit illa quidem, qua nullam Roma cruentam
Nostra magis vidit, faustamve Brittannia stellam.
Sed simul exoritur, quem nos magis omnibus unum
Horremus, gelidâ[5] consurgens Phœbus ab Arcto :
Quem Pallas quem Musæ omnes comitantur euntem,
Pax simul incedit læto Saturnia vultu,
Lora manu laxans, trahitur captiva catenis
Barbaries : positoque ; gemens Bellona flagello.

---

1 MS, ' Zephiros ' G.   2 MS, ' ventosque ' G.

3 MS, ' Quid toties ' and in MS, the line reads,
' Quid toties precibus, festisque accersita votis.' G.

4 MS, reads here also before the next line of the text
commencing ' Occidit,'

' Occidit, et longo solvit si Roma dolore.' G.

5 MS, ' gelido ' G.

Non me nequicquam junctum uno fœdere triplex
Imperium terret, terret fatale Iacobi,
Nec frustra impositum Luctantis ab omine nomen.
Quin similis Patri soboles inimica Latino
Nomina Pontifici assumens, radiante superbos
Henricos puer, et Fredericos exprimit ore.
Nunc et equos domitare libet, spumantiaque ora
Colligere in nodum, sinuosaque flectere colla,
'Et teneris hastam jam nunc jactare lacertis.
Quin etiam ille minor, sed non minus ille timendus
Carolus, haud læto turbat nos omine, cujus
Mortiferam accepit primo sub nomine plagam
Roma, et lethali, languens in vulnere, lentâ
Peste cadit, certamque videt moribunda ruinam.
Illa etiam inferior sexu, non pectore, terret,
Quæ reducem nobis fœcundam ostentat Elisam,
Invisum, majus fatis, ac cladibus auctum
Nomen, et invictam spondens post prælia pacem.
Nec me vanus agit terror, quippe illius ore
Prævideo multas nobis, nisi fallor, Elisas.
  Quæ mihi spes ultra ? Vel me præsaga mali mens
Abstulit, et veris majora pavescere jussit,

---

1 After this line in MS, comes ' Quæ mihi spes ultra.'
The intermediate lines from ' Quin etiam '..... as far as
' Provideo multas ' are not in the MS.   G

Vel calamo Pater, et Musis, sed filius armis
Sternet, et extremis condet mea mœnia flammis.[1]
   Hei mihi! sidereæ[2] turres, tuque æmula cœli
Vrbs, antiqua Deûm sedes, reginaque terræ,
Quam lana Assyrio pingit fucata veneno,
Quam vestes auro, stellasque imitante pyropo
Illusæ decorant, ostro, coccoque pudentes,
Cui tantum de te licuit? Quæ dextera sacras
Dilacerare arces potuit? Quo numine turres
[3]Dejicere? ingentique vias complere ruina?
   Conticuit: tristisque diu stupor omnibus ora
[4]Defixit, mistoque sinus premit ira dolore.
Vt rediere animi, strepitus, junctæque querelis[5]
Increbuere minæ: dolor iras, ira dolorem
Aggerat, alternisque incendunt[6] pectora flammis:
Tota minis, mistoque fremunt subsellia luctu.
   At sonitus[7] inter medios, et maximus ævo,
Et sceptris Iesuita potens, cui cætera parent
Agmina, consurgens ultro sese obtulit: illo
Conspecto siluere omnes, atque ora tenebant

---

1 MS. inserts here
   Et super (ah vereor, nec sit mihi credere) victor
   Disjectas super exultet credelior arces. G.

2 MS. 'sideriæ.' G.   3 MS. 'Projicere.' G.

4 MS. 'defigit.' G.   5 'querælis.' G.

6 MS. 'incendit.' G.   7 MS. 'strepitus.' G.

Affixi. Verba Æquivocus versuta loquenti
Suggerit, et cordi custos, orique residit.[1]

O Pater, ô hominum Princeps, ô maxime divûm[2]
Conditor, haud minor ipse Deo, jam parva caduco
Spes superest regno, neque te sententia fallit:
Mœnia præcipitem spondent sublapsa ruinam.
Nullum igitur lacrymis tempus, quinocyus
    omnes
Sarcimus veteres, aliasque reponimus arces.
Quid prohibet quin arte diu tua Roma supersit,
Qua vel nunc superest? Fatum sibi quisque supre-
    mum est,
Et sortis faber ipse suæ. Nunc, optime, nostram
Qua fieri possit paucis, Pater accipe mentem.

Vt qui armis hostile parat rescindere vallum,
Non ubi confertis armantur mœnia[3] turmis,
Aut altis cinguntur aquis, sed qua aggere raro,
Atque humiles tenui muros cinxere coronâ,
Irruit, incautamque malis premit artibus urbem:
Non secus infirmi nutantia[4] pectora sexus
Blanditiis tentanda, doloque adeunda procaci.
In tenui labor,[5] at lucrum non tenue sequetur
Vincitur, et vincit citius;[6] cito fœmina discit

---

1 MS, 'sedebat.' G.   MS, 'magne deorum.' G.
3 MS, 'prælia.' G.   MS, 'dubitantia. G.
5 MS, 'est.' G.   MS, 'melius.' G.

Errores, sciteque docet: gremio illa virilī
Infusa, et niveis cunctantem amplexa lacertis,
Blanda sinus leviter molles, et pectora vellit,
Mox domitæ imperitat menti, bibit ille venenum,
Et rapit errores animo, penitusque recondit,
Qui toties septus, toties invictus ab hoste
Constitit, armatum qui dente, atque[1] ungue leo-
    nem
Manoïdes dextra impavidus lacerabat inermi,
Pellicis in gremio crinem, roburque relinquens,
Fœmineâ infelix (nullus superandus[2] ab armis)
Arte, sine ense jacet, sine vi, sine vulnere victus.
His, Pater haud levibus visum est præludere
    telis.
Et quoniam illecebris flecti, frangive recusat[3]
Vi Batavus, technis subeundus, et arte domandus.
  Apta nec ausa deest: manet illic forte, scholis-
    que
Imperitat vafri ingenii, fideique labantis
Arminius, quem magna stupet sequiturque caterva,
Amphibium genus, et studiis hostile quietis.
Hi suetis stimulandi odiis, scitisqve fovendi

---

1 MS, 'acque' G   2 MS, 'æquandus' G.

3 The nine lines from this onward, are not in
the MS. G.

Laudibus, ac donis onerandi, rebus Iberis
Vt faveant, sceptrum Hispano obsequiumque repo-
    nant.

  Proximus in Gallos labor est, quos agmine pleno
Aversos, iterum ad Roman matremque ; reducam.
Parisios[1] vobis facile succidere flores,
Liliaque Hispano dabimus calcanda Leoni ;
Et trunca, ad solitum decusso vertice morem,
Stemmata, radicemque; arvis transferre Granatis.
Illa Navarrenâ infelix ex arbore planta
Ense recidenda est, flammisque urenda supremis.
Dumque tener flectique potest, nescitque reniti
Surculus, in truncum mox immittatur Iberum :
Oblitus primi Hispanum propagine succum
Imbibat, Hispanis excrescant germina ramis.
Quin modo qui sectâ viduus manet arbore ramus,
Hispano discat, si fas, inolescere libro,
Et duplex pictas duplicato crescat amore.

  Hic tragicæ prologus scenæ : majora paramus,
Non facinus vulgare sero: quod nulla tacebit,
Credet nulla dies, magnum populisque ; tremendum
Omnibus incepto : nequicquam verba, minasque ;
Conterimus, nequicquam artes projecimus omnes :
Tempora nos urgent mortis suprema supremum

---

1 MS, ' facile vobis ' G.

Tentandum scelus est : tollatur quicquid iniqui
Obstiterit ; nec te larvati nomen honesti
Terreat, aut sceleris ; quin tu moderator honesti,
Regula tu justi : per fas, Pater optime, nobis ,
Perque ; nefas tentanda via est, qua frangere duros
Possimus, Latiumque ; ipsis inferre Britannis.
Illi hostes, illi telisque dolisque petendi,
Vindictam reliqui tantam videantque ; tremantque ;[1]
Nec mihi mens solum gelidis auferre cicutis,
Aut armis Regem, cultrove invadere : magnum,
Sed prius auditum est facinus ; certissimus ultor
Et sceptris odiisque puer succedet avitis.
Sed Regem pariter, pariterque inflexile semen,
Sed Proceres, Patresque Equitesque et quicquid
     ubique
Prudentis vulgi est, ictu truncabimus uno.
Quin domitos sine telo omnis, sine vulnere victos
Flagitio, Pater, una uno dabit hora Britannos.
Qua facere id possim, paucis adverte, docebo.
   Stat bene nota domus, saxo constructa vetusto,
Marmore cælato, et Pariis, formosa columnis,
Qua celebris Thamo generatus et Iside nymphâ,
Thamisis inflexo Ludduni[2] mœnia fluctu
Alluit, ingentemque excurrere mœnibus urbem,

---

1 This line not in MS. G.   MS, ' Londoni.' G.

Crescentesque videt semper splendescere turres.
Quaque Austros patulis immittit aperta fenestris,
Foonte superba alte submissas despicit uudas.

    Huc fluere, et primis omnes concurrere regnis
Et Proceres terræ et Patres Plebemque Britaunæ.
Ipse etiam primum tota cum prole Senatum
Reginâ simul ingreditur comitante Iacobus.

    Hic lapsos revocant mores, Romæque cruentas
Imponunt leges, et pœnas sanguine poscunt.
At latebræ subter cæcæ, maguisque; cavernæ
Excurrunt spatiis, multo loca fœta Lyæo.
His tacite nitrum et viventia sulphura tectis
Subjiciam, Stygioque implebo pulvere sedes.

    Vt numero[1] primum crescunt subsellia justo,
Et semel intumuit pleno domus alta Senatu,
Tecta ruam : juvat horrendos procul aure fragores
Excipere, et mistas latoribus acre leges
Correptas spectare : juvat semusta virorum
Membra, omnesque supra volitantes æthere Reges
Cernere : rupta gemet Tellus, et territa cœli
Dissilient spatia ; ast alto se gurgite præceps
Thamisis abscondet, mirabitur æthera Pluto,[2]
Et trepidi fugient immisso lumine manes.
Dixerat : applaudunt omnes, magis omnibus ipse

---

1 MS, ' primum numero.'   G.   2 MS, ' Pluton.'   G.

Consilium laudat sanctus Pater, ipse labantis
¹Patronum Romæ læto sic ore salutat :
Dii Patribus fausti semper, cultique Latinis,
Non omnino tamen morituræ mœnia Romæ
Deseritis, tales cum animos, et tanta tulistis
Pectora, jam versis Latium florescere fatis
Aspicio, effœtamque iterum juvenescere Romam.

   Ast ego quas tandem laudes pro talibus ausis,
Quæ paria iuveniam? Quiu tu mox aureus æde
Stabis, victrici succinctus tempora lauro.
Ipse ego marmoreas, meritis pro talibus, aras
Adjiciam, ipse tibi vota, et pia thura frequenter²
Imponam, et summos jam nunc meditabor honores.

   Salve præsidium fidei columenque Latinæ :
Incipe jam cælo assuesci, stellasque patentes
Ingreditor,³ manibusque coli jam disce supinis.

   Interea Æquivocus manes, atque ; infima Ditis
Regna patens, magnis Erebum rumoribus implet,
Inventum facinus, cujus cælumque solumque,
Atque umbras pudeat steriles, quod cuncta, quod ipsas
Vicerit Eumenidas, totoque⁴ a crimine solvat.

---

1 MS, new paragraph. G.   3 MS, 'ingredere' G.
2 MS, 'quot annis ' G.   4 MS, ' omnique ' G.

At Iesuita memor sceleris, cœptique nefandi
Lucifugæ devota Iovi, Patrique Latino
Pectora de tota excerpit[2] lectissima gente :
Digna quidem proles Italâ de matre Britanna.
Hic dirum a Facibus certo trahit omine nomen,
Ille Hyemes referens, magnos portenderat imbres,
Raptaque perpetuâ minitatur lumina nocte.
[3]Hic trahit a Fossis, raucis hic nomina Corvis :
His Iesuita nefas aperit, totumque recludens
Consilium, horrendisque ligans Acherontica diris
Vota, truces ipso cædes obsignat Iësu.

Iamque illi, ruptæ media inter viscera matris,
Accelerant, duros (agrestia tela) ligones
Convectant, orco vicini, dirius orco
Infodiunt alte scelus, interiusque recondunt.
Dumque operi incumbunt alacres, crescuntque
    ruinæ,

---

1 This line is not in MS. The lines following read
thus :

    Hic Stygio devota Jovi, Patrique Latino
    Pectora, &c.
    Digna, &c.
    Ferrea tu proles ? an tu magis improba mater ?
    Improba tu mater : sed sed tu quoque ferrea proles.
    Hic dirum &c. G.

2 MS, ' excerpunt ' G.

4 This, and the next three lines, not in the MS. G.

Nescio quos multâ visi sub nocte susurros
Percipere, et tenui incertas cum murmure voces.
Vicinos illî manes, Erebumque timentes
Diffugiunt trepidi, refluunt cum sanguine mentes :
Iamque umbris similes ipsi vitantur, ut umbræ,
Et vitant, ipsique timent, ipsique timentur.
Hic medio lapsus cursu immotusque recumbens
Pressâ animâ, clausisque oculis, jam flagra sequentis
Tisiphones, uncasque manus, et verbera sperat.
Ille cavas quærit latebras, cupaque receptus[1]
Nitrosâ, trepidos intra se contrahit artus.
Sic cum membra silent placidâ resoluta quiete,
Terrenus nigra inficiens pæcordia fumus
Invadet mentem, jamque umbram effingit inanem,
Tædâ umbram Stygiâ armatam, sanieque madentem:
Omnia turbantur subito, volat ille per auras
Exanimis demensque metu, frustraque refixos
Increpat usque pedes ; præsens insultat imago,
Iam tergum calcemque terens :[2] vox ore sepulta
Deficit, et dominum fallaci prodit hiatu.

---

1 These two lines read thus in MS,
    Ille cado tectus nitroso contrahit artus
    Cuncta timens, trepide obliquis speculatus ocellis. G.
2 MS, ' terens.' G.

Vt reduci mox corde metus sedantur inertes,
Paulatim apparent rari latebrasque relinquunt:
Incertique metus tanti, sed pergere certi,
Cautius arrectâ captabant aure susurros.
Vt tandem humanam agnoscunt ex murmure vocem,
Læti abeunt, ortoque die vicina Lyæo[1]
Sacrata ediscunt latis excurrere cellis.
Conducunt, nitrumque avide, sulphurque recondunt,
Et ligno scelus et conjecto vimine celant.
Iamque[2] nefas felix stabat, promtumque seniles
Temporis increpitant gressus, lucemque morantem.
  [3]Sed quid ego nullo effandum, nulloque tacen-
    dum
Tempore flagitium repeto ? Quid nomina Diris
Vota, et perpetuis repeto celebrando tenebris ?
At frustra celabo tamen quod terra stupescit,
Quod Superi exhorrent, quod Tartarus ipse re-
    cusat,
Ejuratque nefas: incisum marmore crimen
Vivet in æternum, pariter Iesuitica longum
Simplicitas vivet, rerumque piissima Roma.
  Iamque optata[4] dies aderat, qua more vetusto
Conveniunt magno Proceresque Patresque Senatu :

---

1 MS, 'Baccho' G.   2 MS : new paragraph. G.
3 This and the seven succeeding lines not in MS. G.
4 MS, 'propinqua' G.

Ipse sacris Princeps devinctus tempora gemmis,
Aut phalerato insignis equo, curruve superbus
Ingreditur, laterique hæret pulcherrima Coujux,
Et sobole et formâ fortunatissima princeps.
Proximus incedit[1] facie vultuque sereno
Ille animum ostentans patrium matrisque decores,
Mistaque concordi felicia prælia paci,
Henricus, placidoque refulgens Carolus ore.
Virgineasque simul, Magnatum incendia, turmas,
Insignes formâ nymphas, formosior ipsa
Flagrantes perfusa genas inducit Elisa[2],
Et nivibus roseum[3] commiscuit ore pudorem.
Haud secus innumeris cœlo stipata sereno
Ignibus incedit, radiosque argentea puros
Dijaculans, cunctis præfulget Cynthia stellis.
Mox Procerum accrescunt multo splendentia luxu
Agmina gemmisque insignes et murice fulgent,
Conciliumque petunt conferti ; effusus euntes
Prosequitur plaususque virûm, clangorque tubarum,
Et faustis mistus precibus ferit ardua clamor
Sidera, tota fremit[4] festis urbs quassa triumphis.[5]

---

1 MS, ' insequitur ' G.   2 MS, ' Eliza ' G.
3 MS, ' multum ' G.   4 MS, tremit ' G.
5 In MS, these eight lines occur, between ' Sidera ' ..
and ' Nox erat ' ....

Sed quid ego nullo effandum, nullaque tacendum

Nox erat, et Facii Titan scelerisque propinqui
Avolat impatiens, stimulisque[1] minisque jugales
Exagitans, latet adverso jam tutus in orbe ;
Quaque volat, patulæ lustrans[2] tot[3] crimina terræ,
Nullum æquale videt, Thracesque Getasque cruentos
Quique; Platam, Gangem, rapidum qui potat
      Oraxem,
Qui[4] Phlegetonta, omnes[5] omni jam crimine solvit.
Diffugiunt stellæ, nequicquam impervia tentans
Æquora collectis nebulis extinguitur Vrsa.
Manibus, et sceleri nox apta, at nigrior ipsâ
Nocte facem plumbo septam, tædamque latentem
Veste tegens, cellam Facius crimenque ; revisit.
Dumque; opus effingit tragicum, facinusque ; retexit,
Multa timet speratque ; hinc pœna, hinc præmia
      pectus[6]

Tempore flagitium memoro ? quid nomina Diris
Vota, et perpetuis, memoro celebranda tenebris ?
At frustra celabo tamen quod terra stupescit,
Quod cælum exhorret quod Tartarus ipse recusat,
Ejuratque nefas ; incisum marmore crimen
Vovet in æternam, pariter Iesuitica longum
Simpliciter vivet, rerumque piissima Roma. G.

1 ' stimulosque ' G.

2 MS, ' late perlustrans.' G. 3 MS, drops ' tot ' G.

4 MS, ' Quiqui Styga et ' G. 5 MS, ' omnis ' G.

6 MS, reads ' pavor trepidantia spesque.' G.

Sollicitant,[1] dubio desciscunt viscera motu.
Iamque vacillantem Æquivocus cœnamque; pre-
    cesque ;
Cæcumque;[2] obsequium menti, Papamque; reponens
Fulcit, et injectis obfirmat pectora Diris.
  Ast oculos summo interea deflexit Olympo
Ille Pater rerum, certo qui sidera cursu
Magna rotat, terrasque; manu et maria improba
    claudit.
Coefectasque videns fraudes, cæcisque cavernis
Crimina vicino matura tumescere partu ;
Mox Aquilam affatur, solio quæ sternitur'imo[3]
Advigilans liquidasque; alis mandata per auras
Præcipitat : Confestim Anglos pete nuncia clivos,
Et Proceres summis curam de rebus habentes
Aggressa, ambiguo fraudes sermone recludas,
Atque acres cœco turbes ænigmate sensus.
Ipse ego dum voces alto sub pectore versant,
Ipse oculos mentemque; dabo, qua infanda Iacobus
Ausa, et Tarpeii evolvat conamina Patris.
  Dixerat : at[4] levibus volucris secat æthera
    pennis,
Ocyor et vento, et rapido Iovis ocyor igne

---

1 MS, ' corda trahunt ' G.

MS, ' atto.' 4 MS, ' hæc.' G.

2 This and two following lines not in MS. G.

Iamque; simul niveas Ludduni[1] assurgere longe
Aspicit, aspectasque; simul tenet impigra turres.
　Penniger hic primum contractis nuncius alis
Constitit, et formosa videns fulgescere[2] tecta,
Coctilibus muris, parilique; rubentia saxo,
Ingreditur, magno posuit quæ splendida sumptu
Qui patriis major succrevit laudibus heros.
Prudentis soboles patris prudentior ipse.
Hunc,[3] ubi consillium pleno de pectore promit,
Mirantur Britones læti, mirantur Iberi,
Et laudant animos trepidi, metuuntque sagaces.
Ille etiam gazam (major tamen ipse) Britannam,
Ille etiam Musas tutatur, et otia Musis,
Chamus ubi angustas tardo vix flumine ripas
Complet, decrepitoque pater jam deficit amne.
Ille mihi labro teretes trivisse cicutas,
Ille modos faustus calamo permisit agresti.
Huc ubi perventum est, mutato nuntius ore
Perplexâ attonito descriptas arte tabellas
Tradidit heroi, et mediæ sese ocyus urbi
Proripiens, suetis[4] iterum se condidit astris.
　Ille legens cæci stupuit vestigia scripti,
Atque iterum voces iterumque recolligit omnes,

---

1 MS, 'Londini' G.　　2 MS, 'splendescere.' G.
3 This and following eight lines not in MS. G.
4 MS, 'solitis' G.

Iamque hoc, jamque illud, jam singula pectore
    versat.
Quid te frustra, heros, angis? Non si Oedipus author
Spondeat, hos animo speres resciudere nodos.
Non minimum est crimen crimen præsumere tantum,
Nec virtus minima est scelus ignorasse profundum,[1]
Quod bene[2] cum scieris, non sit[3] tibi credere tantum.
Postquam fessa oculos nihil ipsa excerpere nigris
Suspicio scriptis potuit, nihil omnibus actum
Consiliis, ipsi referunt ænigmata Regi.

Ille oculo nodos facili, scelerumque nefandas
Percurrens animo ambages (dum nubila spargit
Lux lucis, mentemque aperit) nox omnia pandit
Monstra, aperitque nefas solus, tenebrasque resolvit.

Quin medias inter rechuas[4] jam nocte profundâ
Artificem sceleris prenduut, patet alta nitroso
Pulvere fœta domus, penitusque recondita Soli
Crimina miranti,[5] et cœlo ostenduntur aperto.

Non secus atque Euris media inter viscera pressis
Rupta patet Tellus, magnoque fatiscit hiatu,
Dissultant pavidi montes, penitusque cavernis
Immittunt Phœbum, furiasque, umbrasque recludunt
Apparet[6] deforme Chaos Stygiique penates,

---

1 MS, 'nefandum' G.   2 MS, 'probe' G.

3 MS, 'est' G.   4 MS, 'fraudes' G.

5 MS, 'apparent scelera' G. 6 MS, 'apparent.' G.

Apparet[1] barathrum, et diri penetralia Ditis,
Miranturque diem perculso lumine Manes.
Iamque ipso pariter cum crimine, criminis author
Protrahitur, circum populus fluit omnis euntem :
Expleri nequeunt animi frontemque tuendo
Torvam,[2] squalentesque genas, nemorosaque setis
Ora,[3] et Tartareas referentia lumina tædas

　Ille autem audenti similis, similisque timenti,
Nunc fremitu turbam, et dictis ridere superbis,
Diductisque ferox inhiantem illudere labris :
Nunc contra trepidare metu, tremulosque rotare
Circum oculos, jam flagra miser, dextramque parati
Carnificis medios inter sævire cruores
Sentit, jamque Erebum spectat furibundus hiantem :
Et semesa inter labentes membra dracones
Percipiens, æternæ horret primordia pœnæ.

　O Pater, ô terræ, et summi Regnator Olympi,
Quas tibi pro meritis laudes, quæ munera læti
Tantâ servati dabimus de clade Britanni ?
Non nos, non miseri, (nec tanta superbia lapsis)
Sufficimus meritis : sed quas prius ipse dedisti,
Quas iterum solas repetis, Pater, accipe mentes.
Dum domus æterno stabit pulcherrima saxo,

---

　1 *Ibid.*　G.　　　2 MS, ‘oraqu.’　G.
　3 This line reads in　MS,
Lumina, neglectamque minantem in pectora barbam.　G.

Pulvere sulphureo, et tantis erepta ruinis,
Dum tumidis Nereus undarum mœnibus Anglos
Sospitet, et tundat liventes æquore clivos
Semper honos, semperque tuum solenne Brittannis
Nomen erit ; te, Magne Pater, te voce canemus,
Factaque per seros dabimus memoranda nepotes.
Tu, Pater, Æolia fratres sub rupe furentes
Tu premis, immensoque domas luctantia claustro
Pectora, tu vastos turbata ad litora montes
Frangis, aquasque inhibes, Rector, retrahisque
    rebelles :
Tu, Pater, hibernæ, tu laxas vincula nocti,
Et lenta² æstivo tardas¹ vestigia Soli.
Te reduces iterum flores, te terra jubente
Pubescit, virides crinescunt vertice Fagi.
Imperiis Sol ipse tuis immitior ignes
Dijaculat Nemeum medius, Cancrumque rubentem
Inter, et effœtas tumido de semine fruges
Evocat, ac teneras duro coquit aridus æstu.
Mox iterum ignoto dilapsus tramite Phœbus
Declinat, jamque Æthiopes, Nilique fluenta,
Desertasque Libum proprior despectat arenas.
Nos anni premit effœti properata senectus ;
Flavent pampineæ frondes, salicesque recurvæ,

---

1 MS, 'tarda' G.   2 MS, 'lentas' G.

Decrepitæ fluxis[1] calvescunt crinibus ulmi.

Tu, Pater, invictas quas jactat Iberia classes
Frangis, et ingentes dispergis in æthera motus,
Iamque etiam ereptâ (sacro mihi nomine) Elisâ,[2]
Ingentem meritos cladem, ingentemque timentes
Restituis, placidoque ferens tria septra Iaeobo.
Multiplicem nobis reddis placatus Elisam.[3]

Salve, summe Heros, ætatis gloria nostræ,
O Decus Anglorum, Princeps, patriæque beatus
Musarumque pater, placidam tu pacis olivam
Angligenis infers felix, majoraque votis
Gaudia, et æternos firmas in prole triumphos.
Tu bifidum clauso nobis[4] premis obice Ianum,
Pieridumque potens armis, feralia sacræ
Mœnia prosternis Romæ, Regumque lupanar
Diruis, et nimio meretricem vulnere figis.
Accipe pubentem[6] tenerâ lanugine Musam,

---

1 MS, ' laxis ' G.   2 MS, ' Eliza ' G.

3 MS, ' Elizam ' G.   4 MS, ' nobis clauso ' G.

5 In MS, between this and next line, these occur:

  Tu mihi, tu labis teretes trevisse cicutas
  Tu numeros faustus calamo permittis agresti;
  Chamus ubi angustas tardo vix flumine ripas,
  Complet, decrepitoque Pater jam deficit amne. G.

6 MS, ' vestitum ' G.

Quæ[1] salices inter spretas, ulvamque palustrem,
(Non lauros palmasque ambit) proludere discit,
Et tentans sese innatos depascitur ignes,
Qua Pater externis Chamus vix cognita rivis,
Flumina demulcens Regales alluit hortos,
Templaque ; submissis veneratur Regia lymphis.
Mox ubi pennatis crevit maturior alis,
Te canere audebit, tua (Princeps) condere facta :
Exhaustoque ; tumens Helicone,[2] undantia pleno
Carmina diffundet fluvio ; cœlum audiet omne,
Audiet omne nemus : resonabilis accinet[3] Eccho.

---

1 This and following five lines not in MS : in place of
them we have these two, viz :
    Accipe ' vestitum &c.,
    Et cui pœne puer prius ipsa in patre favebas
    In sobole agnoscias facilis vestigia cantus :
    Mox &c.   G.
2 In MS, ' Iamque sui non ispa capax ' . . . . G.
3 In MS, ' audiet '   G.

₊ I note that in the great majority of its occurence,
the ' que,' as ' magnisque ' is printed with ' q ' only, as
' magnisq ; '.   I have left the ' ; ' to mark this.   On page
2, Note page 16, the ' Locustæ ' of the original title-page

&c., ought to have been ' Locvstæ ; on page 9, line 11, read
' gaudes ' not ' guades ' : page 11, line 26, read 'triumphos'
and page 16, line 14, read ' frustra e terris '. Our facsimiles (Vol. 1st., large paper copies) represent (1) Lines
16—28 on pp 18—19 (2) Close of Epistle to Murray as
on page 10, and (3) Autograph on fly-leaf of the MS. G.

Finis.

II.

Apollyonists.

₦ote.

The following is the title-page of 'The Apollyonists':

The

Locvsts

or

Apollyo-

nists.

By

Phineas Fletcher

of

Kings Colledge

in

Cambridge.

Printed by Thomas Bvcke and Iohn Bvcke

Printers to the Universitie of

Cambridge.

1627   [4to]

Collation : Title-page....Epistle Dedicatory 1 page....
Verses 1 page....Poem pp 31—100 [continued from the
Latin 'Locustæ']....This English portion alone of the
rare volume has fetched £9 9s, and £10. (Angl. Bib.
Poet. and Skegg.) See Essay *ante*, for its influence on
MILTON. G.

To the right noble Lady Townshend.[1]

XCELLENT Lady, as the Roote from
which you sprang, those ever by me
honoured and truly honourable Patents:
so the Stocke into which you are newly grafted
(my most noble friend) challenge at my hand more
honour then I can, not more then I would give
you. It may perhaps seem strange, that I have
consecrated these uncombed verses to your hands,
yet unknowne; unknowne I confesse if knowledge
were by sight onely. But how should he not know
the Branch, who knowes the Tree? How should
I but see your ingenuous nature in their noble
genius? Who can be ignorant of the science[2]
who knowes as well the roote that bare and
nourish it, as the stocke into which it is grafted?
Marvell not then, that in the dedication of this

---

1 See foot-note to dedication of Latin 'Locustæ' G.

2 *Id est*, 'sciens' or scion=graff. G.

little pamphlet, I durst not separate you who are so neere by God's own hand united. And not for mine (who cannot aspire to deserve any respect from you) but his sake, who (is my heart) your head, accept this poore service. So may you still enjoy on earth the joyes and fruites of a chaste and loving bed : and at length the most glorious embraces of that most excellent Spouse in heaven.

     Your unknowne servant in all Christian love.   P. F.

To my Friend the Author.

When after-times read in thy living Muse
The shame of ours, it will be thought th' abuse
Of this blacke age, and that this matchlesse crime
Is th' issue of thy braine, not of the Time.
And though the Actors in this dismall row
Had their deserts, yet dy'de they not till now
Thou giv'st them life : the life thy verses give
Is the reward of those that ought not live,
But where their Plot, and they may naked ly,
And be made o're to lasting infamy.
Begin, and who approue not thy relation.
Lik't them and it : forfeit their preservation.
     H. M.[1]

---

1 Query . . . Henry More the Platonist ?   G.

The Locusts or Apollyonists.

Canto I.

OF men, nay Beasts: worse, Monsters; worst of all,
  Incarnate Fieuds, English Italianat ;[1]
Of Priests, O no! Masse-Priests, Priests-Cannibal;
Who make their Maker chewe, grinde, feede, grow fat
With flesh divine : of that great Citie's fall,
Which borne, nur'st, growne with blood, th' Earth's empresse sat :
Clen'sd, spous'd to Christ yet backe to whoredome fel,
  None can enough, something I faine would tell.
How blacke are quenchèd lights! Falne's Heaven's a double Hell.

----

1 Andrew Marvel, later, uses the word :
" Her native Beauty's not Italianated " (To Dr. Witty) G.

2.

Great Lord, Who grasp'st all creatures in Thy
    hand ;
Who in Thy lap lay'st downe proud Thetis' head,
And bind'st her white curl'd·locks in caules[2] of sand,
Who gather'st in Thy fist and lay'st in bed
The sturdy winds; Who ground'st the floting land
On fleeting seas, and over all hast spread
Heaven's brooding wings, to foster all below ;
    Who mak'st the sun without all fire to glow,
The spring of heat and light : the moone to ebbe
    and flow.

3.

Thou world's sole Pilot, Who in this poore Isle
—So small a bottome—hast embark't Thy light,
And glorious Selfe : and steer'st it safe, the while
Hoarse drumming seas, and winds lowd trumpets
    fight :
Who causest stormy heavens here onely smile :
Steare me poore ship-boy, steare my course aright :
    Breath gracious Spirit, breath gently on these
    layes,

---

1 One of the daughters of Nereus and Doris. Cf.
Homer, Iliad, I. 358 : xviii, 36 : xx, 207. G.   2 Coifs. G.

Be Thou my compasse-needle to my wayes :
Thy glorious works my fraught[1] my haven is Thy
    prayse.

4.

Thou purple Whore[2] mounted on scarlet beast
Gorg'd with the flesh, drunk with the blood of
    saints ;
Whose amorous golden cup, and charmèd feast
All earthly kings, all earthly men, attaints ;
See thy live pictures, see thine owne, thy best,
Thy dearest sonnes, and cheere thy heart, that faints.
    Harke thou sav'd Island, harke, and never cease
      To prayse that Hand which held thy head in peace;
Else had'st thou swumme as deep in blood, as
    now in seas.

5.

The cloudy Night came whirling up the skie,
And scatt'ring round the dewes, which first shee
    drew
From milky poppies, loads the drowsie eie :
The watry moone, cold Vesper and his crew
Light up their tapers : to the sunne they fly
And at his blazing flame their sparks renew.

---

1 Freight or cargo. G.   2 Revel. xvii. 2—6. F.

Oh why should earthly lights then scorne to
    tine [1]
Their lamps alone at that first Sunne divine !
Hence as false falling starres, as rotten wood they
    shine.

6.

Her sable mantle was embroyderèd gay
With silver beames, with spangles round besct :
Foure steeds her chariot drew ; the first was gray,
The second blue, third browne, fourth blacke as
    jet.
The hollowing [2] owle, her post, prepares the way,
And wingèd dreames—as gnat-swarms—flutt'ring,
    let [3]
  Sad Sleep, who faine his eies in rest would steep
  Why then at death doe weary mortals weep ?
Sleep's but a shorter death, death's but a longer
    sleep.

7.

And now the world, and dreames themselves were
    drown'd
In deadly sleep ; the labourer snorteth fast,

---

1 To ‘light' G.   2 = hallooing. G.   3 Hinder. G.

His brawny armes unbent; his limbs unbound
As dead, forget all toyle to come, or past;
Onely sad Guilt, and troubled Greatnes, crown'd
With heavy gold and care, no rest can tast.
  Goe then vaine man, goe pill[1] the live and dead
    Buy, sell, fawne, flatter, rise, then couch thy
      head
In proud, but dangerous gold : in silke but restlesse
    bed.

8.

When loe a sudden noyse breakes th' empty aire;
A dreadfull noyse, which every creature daunts,
Frights home the blood, shoots up the limber[2]
    haire.
For through the silent heaven Hell's pursuivants
Cutting their way, command foule spirits repaire
With hast to Pluto,[3] who their counsell wants.
  Their hoarse base-hornes[4] like fenny bittours[5]
    sound;

---

1 Peel : and hence pillage. G.
2 Flexible. G.
3 = region of Pluto *i.e.* Hell. G.
4 Bass-horns (a musical instrument.) G.
5 Bitterns : sometimes spelled ' bitoro ' and ' bitton ' G.

Th' Earth shakes, dogs howle, and Heaven it
    selfe astound
Shuts all his eies : the stars in clouds their can-
    dles drown'd. [1]

9.

Meane time Hel[l]'s yron gates by fiends beneath
Are open flung : which, fram'd with wondrous art
To every guilty soule yeelds entrance eath [2]
But never wight [3] but He, could thence depart,
Who dying once was death to endlesse death. [4]
So where the liver's channel to the heart

---

1 This recals that Fletcher was a contemporary of
Shakespeare : " By these blessed *candles* of the night "
(Merchant of Venice v. I.) and " Night's *candles* are burnt
out " (Romeo and Juliet, III. 5.)

2 Easily. G.

3 Creature : the Fletchers,' in common with their
contemporaries use the word frequently as = man and
not at all in the lowered meaning that it has now. Sir
John Davies, furnishes various parallels. Hence Chal-
mers and Southey (as before) erred in removing 'wight'
from the last line of Giles Fletcher's 'Christ's Victorie.'
G.

4 The Puritans (*e.g.* Dr. John Owen and Thomas
Brooks) delighted to speak of Christ's Death as the death
of Death, in ever-recurring word-play. G.

Payes purple tribute,—with their three-fork't
    mace
Three Tritons stand, and speed his flowing race,
But stop the ebbing streame, if once it back
    would pace.

10.

The Porter to th' infernal gate is Sin,
A shapelesse shape,[1] a foule deformèd thing,
Nor nothing, nor a substance : as those thin
And empty formes, which through the ayer fling
Their wandring shapes, at length they'r fastned in
The chrystall sight. It serves, yet reigns as King :
    It lives, yet's death : it pleases, full of paine :
    Monster! ah who, who can thy beeing faigne ?
Thou shapelesse shape, live death, paine pleasing,
    servile raigne !

11.

Of that first woman, and th' old serpent bred,
By lust and custome nurst : whom when her
    mother
Saw so deform'd, how faine would she have fled

---

1 As pointed out in our Essay we have here the original of Paradise Lost. ii., 764.　G.

Her birth and selfe! But she her damme would
    smother,
And all her brood, had not He rescued
Who was his mother's sire, his childrens' brother;
    Eternitie, who yet was borne and dy'de:
    His own Creatour, Earth's scorne, Heaven's
        pride,
Who th' Deitie inflestht, and man's flesh deifi'de.

12.

Her former parts, her mother seemes resemble,
Yet onely seemes to flesh and weaker sight;
For she with art and paint could fine dissemble
Her loathsome face: her back parts—blacke as
    night—
Like to her horride sire would force to tremble
The boldest heart; to th' eye that meetes her right
    She seemes a lovely sweet, of beauty rare;
    But at the parting, he that shall compare,
Hell will more lovely deeme, the divil's selfe
    more faire.

13.

Her rosie cheek, quicke eye, her naked brest
And whatsoe're loose fancie might entice,
She bare expos'd to sight, all lovely drest
In beautie's livery and quaint devise:

Thus she bewitches many a boy unblest,
Who drench't in Hell, dreames all of Paradise :
  Her brests his spheares, her armes his circling
    skie ;
  Her pleasures Heav'n, her love eternitie :
For her he longs to live, with her he longs to die.

14.

But He that gave a stone[1] power to descry
'Twixt natures hid, and checke that mettal's pride
That dares aspire to gold's faire puritie,
Hath left a touch-stone, erring eyes to guide,
Which cleares their sight and strips hypocrisie.
They see, they loath, they curse her painted hide ;
  Her as a crawling carrion, they esteeme :
  Her worst of ills, and worse then that, they
    deeme ;
Yet knowe her worse then they can think or she
  can seem.

15.

Close by her sat Despaire, sad, ghastly spright
With staring lookes, unmoov'd, fast-nayl'd to
  Sinne;

---

1 Loadstone = magnet. G.

Her body all of earth, her soule of fright,
About her thousand deaths, but more within :
Pale, pinèd cheeks, black hayre, torne, rudely
    dight ;
Short breath, long nayles, dull eyes, sharp-pointed
    chin :
    Light, life, heaven, earth, her selfe, and all
      shee fled.
    Fayne would she die, but could not : yet halfe
      dead,
A breathing corse she seem'd wrapt up in living
    lead.

16.

In th' entrance Sicknes and faint Languour dwelt,
Who with sad grones tolle out their passing knell :
Late Feare, Fright, Horrour, that already felt,
The Torturer's clawes, preventing death, and hell.
Within loud Griefe, and roaring Pangs (that swelt
In sulphure flames) did weep, and houle, and yell.
    A thousand soules in endles dolours lie
    Who burne, frie, hizze, and never cease to crie
Oh that I ne're had liv'd ! oh that I once could
    die !

17.

And now th' infernal Powers through th' ayer
    driving,

For speed their leather pineons broad display ;
Now at eternall Death's wide gate arriving,
Sinne gives them passage ; still they cut their way
Till to the bottome of Hell's palace diving
They enter Dis[1] deepe conclave : there they stay
  Waiting the rest, and now they all are met,
  A full foule Senate, now they all are set :
The horride Court, big swolne with th' hideous
     Counsel swet.

18.

The mid'st but lowest—in Hell's heraldry
The deepest is the highest roome—in state
Sat lordly Lucifer : his fiery eye,
Much swoln'e with pride, but more with rage and
     hate,
As censour, muster'd all his company ;
Who round about with awefull silence sate.
  This doe, this let rebellious spirits gaine,
  Change God for Satan, Heaven's for Hell's
     sov'raigne :
O let him serve in Hell who scornes in Heaven to
     raigne !

---

1 Contracted from 'Dives' one of the names of Pluto
as the God of riches. G.

19.

Ah, wretch! who with ambitious cares opprest
Long'st still for future, feel'st no present good:
Despising to be better would'st be best,
Good never; who wilt serve thy lusting mood
Yet all command: not he who rais'd his crest,
But pull'd it downe, hath high and firmely
    stood.
  Foole! serve thy towring lusts, grow still, still
    crave,
  Rule, raigne; this comfort for thy greatnes have,
Now at thy top, thou art a great commanding
    slave.

20.

Thus fell this prince of darknes, once a bright
And glorious starre: he wilfull turn'd away
His borrowed globe from that eternall light:
Himselfe he sought, so lost himselfe: his ray
Vanish't to smoke, his morning sunk in night,
And never more shall see the springiug day:
  To be in Heaven the second, he disdaines:
  So now the first in Hell and flames he raignes,
Crown'd once with joy and light: crown'd now
    with fire and paines.

21.

As where the warlike Dane the scepter swayes,
They crowne Vsurpers with a wreath of lead,
And with hot steele, while loud the traitour brayes,
They melt, and drop it downe into his head :
Crown'd he would live, and crown'd he ends his
        dayes :
All so in Heaven's courts, this traitour sped.
    Who now—when he had overlook't his traine—
    Rising upon his throne, with bitter straine
Thus 'gan to whet their rage, and chide their frus-
        trate paine.

22.

See, see you Spirits—I know not whether more
Hated or hating Heaven—ah ! see the Earth
Smiling in quiet peace and plenteous store.
Men fearles live in ease, in love and mirth :
Where armes did rage, the drumme and canon
        rore,
Where hate, strife, envy raign'd and meagre
        dearth ;
    Now lutes and viols charme the ravisht eare.
    Men plow with swords, horse heels, their armors
        weare.
Ah ! shortly, scarce they'l know what warre and
        armors were.

23.

Vnder their sprouting vines they sporting sit.
Th' old tell of evils past : youth laugh and play ;
And to their wanton heads sweet garlands fit,
Roses with lillies, myrtles weav'd with bay :
The world's at rest : Erinnys[1] forc't to quit
Her strongest holds, from Earth is driven away.
  Even Turks forget their empire to encrease :
  Warre's selfe is slaine, and whips of Furies
    cease.
Wee, wee ourselves I feare, will shortly live in
    peace.

24.

Meane time—I burne, I broyle, I burst with
    spight—
In midst of peace, that sharp two-edged sword
Cuts through our darknes, cleaves the misty night,
Discovers all our snares : that sacred Word
Lock't up by Rome—breakes prison, spreads the
    light
Speakes every tongue, paints and points out the
    Lord,

---

1 Erinnyes. Cf. Aeschylus, Eum. 499. G

His birth, life, death, and crosse; our guilded[1]
   stocks
Our laymens' bookes, the boy and woman
   mocks:
They laugh, they fleer,[2] and say, Blocks teach,
   and worship blocks.

25.

Spring-tides of light divine the ayre surround,
And bring downe Heaven to Earth: deafe
   Ignoraunce
Vext with the day, her head in Hell hath drown'd:
Fond[3] Superstition, frighted with the glaunce
Of suddaine beames, in vaine hath crost her round,[4]
Truth and Religion every where advaunce
   Their conq'ring standards: Errour's lost and
     fled:
   Earth burnes in love to Heaven: Heaven yeelds
     her bed
To Earth; and common growne, smiles to be
   ravishèd.

---

1 Gilded. G.   2 To sneer. G.   3 Foolish. G.
4 Qu: the usual 'ring' or 'circle' of safety? G.

26.

That little swimming Isle above the rest
Spight of our spight, and all our plots, remaines
And growes in happines ; but late our nest
Where wee and Rome, and blood, and all our traines
Monks, nuns, dead and live idols, safe did rest :
Now there—next th'oath of God—that Wrastler
    raignes,
  Who fills the land and world with peace, his
    speare
  Is but a pen, with which he downe doth beare
Blind Ignoraunce, false gods and superstitious
    feare.

27.

There God hath fram'd another Paradise,
Fat olives dropping peace, victorious palmes :
Nor in the midst but every where doth rise
That hated tree of life, whose precious balmes
Cure every sinfull wound : give light to th' eyes,
Vnlock the care, recover fainting qualmes.
  There richly growes what makes a people blest :
  A garden planted by Himselfe and drest,
Where He Himselfe doth walke, where He Him-
    selfe doth rest.

28.

There every starre sheds his sweet influence
And radiant beames : great, little, old and new
Their glittering rayes, and frequent confluence
The milky path to God's high palace strew :
Th' unwearied pastors with steel'd confidence,
Conquer'd and conquering, fresh their fight renew.
  Our strongest holds, that thundring ordinance
    Beats downe, aud makes our proudest turrets
        daunce,
Yoking men's iron necks in his sweet governaunce.

29.

Nor can th' old world content ambitious Light ;
Virginia, our soile, our seat, and throne,
—To which so long possession gives us right,
As long as Hell's—Virginia's selfe is gone :[1]

---

1 The discoveries and narratives of RALEIGH, HAWKINS
and DRAKE fired the nation's heart to go forth on that so
momentous-issued mission, of colonising new-found Lands.
To the credit of Englishmen, be it said, that throughout,
regard was had to evangelise as well. Specially concerning 'Virginia' Captain John Smith in his quaint folio
wrote "So then here is a place, a nurse for soldiers, a
practice for mariners, a trade for merchants, a reward for
the good, and that which *is most of all* a business most

That stormy Isle which' th' isle of Devills hight,
Peopled with faith, truth, grace, religion.[1]
 What's next but Hell ? That now alone remaines
 And that subdu'de even here He rules and raignes,
And mortals gin to dreame of long but endles[2]
    paines.

30.

While we—good harmles creatures—sleep or play
Forget our former losse and following paine ;
.Earth sweats for Heaven, but Hell keeps hold-
    day.

---

acceptable to God, to bring such poor infidels to the knowledge of God and His holy gospel." p. 29 : and cf. 163,
209, 211, and Hakluyt iii., 267, seqq. Even more defin-
itely in his ' Epistle ' or preface : "The gaining," he
says, "provinces addeth to the king's crown : but the
reducing heathen people to civility and true religion,
bringeth honour to the king of heaven." For much more
and truly interesting detail on the early mission-work
and successes in Virginia and the 'Somer Islands ' see
Mr. Mayor's admirable 'Nicholas Ferrar,' (1855) and
abounding references under ' Virginia.' G.

1 Query—Bermudas or the 'Somer Islands ' ? See
preceding note 1. G.

2 This seems a misprint for ' ending ' = Universalism
or ultimate salvation for all, albeit preceded by Hell-
pains. G.

Shall we repent good soules ? or shall we plaine?
Shall we groane, sigh, weep, mourne, for mercy
    pray ?
Lay downe our spight, wash out our sinfull staine ?
  May be Hee'l yeeld, forget and use us well,
  Forgive, joyne hands, restore us whence we fell :
May be Hee'l yeeld us Heaven and fall Himselfe
    to Hell.

31.

But me, oh ! never let me, Spirits, forget
That glorious day when I your standard bore,
And scorning in the second place to sit,
With you assaulted Heaven, His yoke forswore.
My dauntlesse heart yet longs to bleed and swet
In such a fray : the more I burne, the more
  I hate : should He yet offer grace, and ease,
  If subject we our armes, and spight surcease,
Such offer should I hate, and scorne so base **a**
    peace.

32.

Where are those Spirits ? Where that haughty rage,
That durst with me invade eternall light ?
What ! Are our hearts falne too ? Droope we with
    age ?
Can we yet fall from Hell, and hellish spight ?

F

Can smart our wrath, can griefe our heart asswage ?
Dare we with Heaven, and not with Earth to
      fight ?
   Your armes, allies, your selves as strong as ever,
   Your foes, their weapons, numbers, weaker never.
For shame tread downe · this Earth : what wants
      but your endeavour ?

33.

Now by your selves, and thunder-danted armes,
But never danted hate, I you implore,
Command, adjure, reinforce your fierce alarmes :
Kindle, I pray, who never prayed before,
Kindle your darts, treble repay our harmes.
Oh ! our short time, too short, stands at the dore,
   Double your rage : if now we doe not ply,
   We'lone in Hell, without due company,
And worse, without desert, without revenge, shall
      be.

34.

He, Spirits—ah ! that, that's our maine torment
      —He
Can feele no wounds, laughs at the sword and dart,
Himselfe from griefe, from suff'ring wholly free :

His simple[1] nature cannot tast of smart,
Yet in His members we Him grieved see ;
For, and in them, He suffers ; where His heart
   Lies bare and nak't, there dart your fiery steele,
   Cut, wound, burne, seare, if not the head the
      heele.
Let Him in every part some paine and torment
      feele.

35.

That Light comes posting on, that cursèd Light
When they as He, all glorious all divine,
—Their flesh cloth'd with the sun, and much more
     bright,
Yet brighter spirits—shall in His image shine,
Aud see Him as He is : there no despight
No force, no art, their state can undermine.
   Full of unmeasur'd blisse, yet still receiving
   Their soules still childing[2] joy, yet still con-
     ceiving,
Delights beyond the wish, beyond quick Thought's
     perceiving.

36.

But we fast pineou'd with darke firy chaines,
Shall suffer every ill, but doe no more ;

---

1 = single or Spirit only. G.   2 Begetting. G.

The guilty spirit there feeles extreamest paines,
Yet feares worse then it feeles : and finding store
Of present deaths, death's absence sore complaines :
Oceans of ills without or ebbe or shore,
   A life that ever dies, a death that lives,
   And, worst of all, God's absent presence gives
A thousand living woes, a thousand dying griefes.

37.

But when he summes his time, and turnes his eye
First to the past, then future pangs, past dayes
—And every day's an age of misery—
In torment spent, by thousands downe he layes,
Future by millions, yet eternity
Growes nothing lesse, nor pain[1] to come allayes.
   Through every pang and griefe he wild doth
      runne,
   And challenge coward Death, doth nothing
      shunne,
That he may nothing be ; does all to be undone.

38.

O let our worke equall our wages, let
Our Iudge fall short, and when His plagues are
     spent,

---

1 Misprinted ' past.' G.

Owe more then He hath paid, live in our debt :
Let Heaven want vengeance, Hell want punish-
        ment
To give our dues : when wee with flames beset
Still dying live in endles languishment.
    This be our comfort, we did get and win
    The fires and tortures we are whelmed in :
We have kept pace, outrun His justice with our
        sin.

39.

And now you States of Hell give your advise,
And to these ruines lende your helping hand.
This said, and ceas't : straight humming mur-
        mures rise :
Some chafe, some fret, some sad and thoughtfull
        stand,
Some chat, and some new stratagems devise,
And every one Heaven's stronger powers ban'd, [1]
    And teare for madnesse their uncombèd snakes.
    And euery one his fiery weapon shakes,
And every one expects who first the answer makes.

40.

So when the falling sunne hangs o're the maine,
Ready to droppe into the Westerne wave,

---

1 Cursed. G.

By yellow Chame[1] where all the Muses raigne,
And with their towres his reedy head embrave:[2]
The warlike gnat their flutt'ring armies traine,
All have sharpe speares, and all shrill trumpets
  have:
 Their files they double, loud their cornets
  sound,
 Now march at length, their troopes now gather
  round:
The bankes and turrets faire, the broken noise
 rebound.[3]

---

1 The river of Cambridge over and over 'sung'—not always joyously—by our Poet.　G.

2 Adorn.　G.

3 Misarranged 'The bankes, the broken noise, and turrets faire rebound.'　G.

CANTO II.

1.

WHAT care, what watch, need guard that
tot'ring State
Which mighty foes besiege, false friends
betray:
Where enemies strong and subtile, swol'ne with
hate,
Catch all occasions: wake, watch, night and day!
The towne divided, even the wall and gate
Proove traitours, and the Councill 'selfe takes pay
Of forraigne States, the prince is overswai'd
By underminers, puts off friendly aid,
His wit by will, his strength by weakenes over-laid!

2.

Thus men: the never scene, quicke-seeing fiends,
Feirce, craftie strong; and world, conspire our
fall:
And we—worse foes—unto ourselves false friends:
Our flesh, and sense a trait'rous gate and wall:
The spirit and flesh man in two factions rends:

The inward senses are corrupted all,
   The soule weake, wilfull, swai'd with flatterie,
   Seekes not His help Who workes by contraries,
By folly makes him wise, strong by infirmities.

3.

See drousie soule, thy foe ne're shuts his eyes,
See, carelesse soule, thy foe in councell sits:
Thou prayer restrain'st, thy sin for vengeance cries,
Thou laugh'st, vaine soule, while Justice Vengeance
     fits.
Wake by His light, with Wisedome's selfe advise:
What rigorous Justice damnes, sweet Mercy quits.
   Watch, pray, He in an instant helps and heares:
   Let Him not see thy sins, but through thy teares,
Let Him not heare their cries, but through thy
     groning feares.

4.

As when the angry winds with seas conspire,
The white-plum'd hilles marching in set array
Invade the Earth, and seeme with rage on fire,
While waves with thuudring drummes whet on
     the fray,
And blasts with whistling fifes new rage inspire:
Yet soone as breathles ayres their spight allay,
   A silent calme insues, the hilly maine

Sinks in itselfe, and drummes unbrac't refraine
Their thundring noyse, while seas sleep on the
    even plaine.

5.

All so the raging storme of cursèd fiends
Blowne up with sharp reproach and bitter spight
First rose in loud uprore, then falling ends
And ebbs in silence : when a wily spright
To give an answere for the rest intends :[1]
Once Proteus[2] now Equivocus, he hight,
    Father of cheaters, spring of cunning lies,
    Of slie Deceite, and refin'd perjuries,
That hardly Hell itselfe can trust his forgeries.

6.

To every shape his changing shape is drest,
Oft seemes a lambe, and bleates, a wolfe and
      houles :
Now like a dove appeares with candide brest,
Then like a falcon preyes on weaker soules :
 A badger neat[3] that flies his 'filed nest :
But most a fox, with stinke his cabin foules :

---

1 = stretches forward : hence 'intent.' Cf. Shakespeare and Milton. **G.**

   2 The shape-changing prophetic old man of the sea. **G.**

   3 Cleanly. **G.**

A courtier, priest, transform'd to thousand
      fashions,
His matter fram'd of slight[1] equivocations.
His very forme was form'd of mentall reservations.

7.

And now more practicke growne with use and art,
Oft times in heavenly shapes he fooles the sight :
So that his schollers' selves have learn't his part
Though wormes, to glow in dark, like angels
          bright.
To sinfull sinne such glosse can they impart,
That, like the virgine mother, crown'd in light,
    They glitter faire in glorious purity,
    And rayes Divine : meane time the cheated eye
Is finely mock't into an heavenly ecstasy.

8.

Now is he Generall of those new stamp't friers,
Which have their root in that lame souldier-saint,
Who takes his ominous name from strife and fires,[2]
Themselves with idle vaunt that name attaint,
Which all the world adores : these master-lyers,
With trueth, Abaddonists, with Iesus paint[3]

----

1 'Sleight.' G.   2 Ignatius. F. [Loyola] G.
3 Jesuits. G

Their lying title: Fooles, who think with light
To hide their faith, thus lie they naked quite:
That who loves Iesus most, most hates the Iesuite.

9.

Soone as this Spirit—in Hell Appollyon
On Earth Equivocus—stood singled out,
Their speaker there, but here their champion,
Whom lesser States, and all the vulgar rout
In dangerous times admire and gaze upon:
The silly Commons circle him about,
   And first with loud applause they usher in
   Their Oratour: then hushing all their din,
With silence they attend, and wooe him to begin.

10.

Great Monarch, ayer's, Earth's Hell's Sover-
   aigne,
True ah! too true you plaine, and we lament,
In vaine our labour; all our art's in vaine;
Our care, watch, darts, assaults, are all mispent.
He Whose command we hate, detest, disdaine,
Works all our thoughts and workes to His intent:
   Our spite His pleasure makes, our ill His good,
   Light out of night He brings, peace out of
     blood:
What fell which He upheld? what stood which
   He withstood?

11.

As when from mores[1] some firie constellation
Drawes up wet clouds with strong attractive ray,
The captiv'd seas forc't from their seat and nation,
Begin to mutinie, put out the day,
And pris'ning close the hot, drie exhalation,
Threat Earth and Heaven, and steale the sunne
    away :
  Till th' angry captive—fir'd with fetters
    cold—
  With thundring cannons teares the limber
    mould,
And downe in fruitfull teares the broken vapour's
    roul'd.

12.

So our rebellion, so our spightfull threat
All molten falls ; He—which my heart disdaines—
Waters heaven's plants with our Hell-flaming heat,
Husband's His graces with our sinfull paines :
When most against Him, for Him most we sweat,
We in our kingdome serve, He in it raigues :
  Oh! blame us not, we strive, mine, wrastle,
    fight ;

---

1 Mores = morasses.   G.

He breakes our troopes ; yet thus, we still de-
    light,
Though all our spight's in vain, in vain to shew
    our spight.

13.

Our fogs lie scatt'red by His piercing light,
Our subtilties His wisdome overswaies,
His gracious love weighs downe our ranck'rous
    spight,
His Word our sleights[1] His truth our lyes dis-
    playes,
Our ill confin'd, His goodnesse infinite,
Our greatest strength His weaknesse overlaies.
    He will, and oh ! He must be Emperour
    That Heaven and Earth's unconquer'd at this
      houre,
Nor let Him thanke, nor do you blame our wil but
    pow'r.

14.

Nay, earthly gods that wont in luxury,
In maskes and daliance spend their peacefull daies,
Or else invade their neighbour's liberty,

------

1 Deceptions, frauds. G.

And swimme through Christian blood to heathen
    praise,
Subdue our armes with peace; us bold defie
Arm'd all with letters, crown'd with learnèd
    bayes:
  With them whole swarmes of Muses take the
    field;
And by Heaven's aide enforce us way to yield;
The goose lends them a speare[1] and every ragge[2]
    a shield.

15.

But are our hearts fal'ne too; shall wee repent,
Sue, pray, with teares wash out our sinfull spot?
Or can our rage with griefe and smart relent?
Shall wee lay downe our armes? Ah! feare us not;
Not such thou found'st us, when with thee we
    bent
Our armies 'gainst Heaven, when scorning that faire
    lot
  Of glorious blisse—when we might still have
    raign'd—
With Him in borrowed light, and joyes unstain'd,
We hated subject crownes, and guiltlesse blisse
    disdain'd.

---

1 Quill. G.   2 = for paper. G.

16.

Nor are we changelings; finde, oh! finde but one,
But one in all thy troopes, whose lofty pride
  Begins to stoope with opposition :
But, as when stubborn winds with Earth ralli'de
—Their mother Earth—she, ayded by her sonne
Confronts the seas, beats of[f] the angry tide :
    The more with curl'd-head waves, the furious
        maine
    Renues his spite, and swells with high disdaine,
Oft broke, and chac't, as oft turnes and makes head
        againe.

17.

So rise we by our fall : that divine science[1]
Planted belowe, grafted in humane stocke,
Heavens with fraile Earth combines in   strong
        alliance ;
While He, their Lion, leads that sheepish flock
Each sheepe, each lambe dares give us bold defiance:
But yet our forces broken 'gainst the rocke
    We strongly reinforce, and every man
  ` Though cannot what he will's will's what he can,
And where wee cannot hurt, there wee can curse,
        and banne.

---

1 = scion or graft. G.

18.

See here in broken force, a heart unbroke,
Which neither Hell can daunt, nor Heaven appease:
See here a heart, which scornes that gentle yoke,
And with it life and light and peace and ease :
A heart not cool'd but fir'd with thundring stroke,
Which Heaven itselfe but conquer'd, cannot please :
    To drawe one blessed soule from's heavenly cell,
    Let me in thousand paines and tortures dwell :
Heaven without guilt to me is worse then guilty
    Hell.

19.

Feare then no change : such I, such are we all :
Flaming in vengeance, more then Stygian fire,
When Hee, shall leave His throne, and starry hall,
Forsake His deare-bought saints and angells quire,
When He from Heaven into our Hell shall fall,
Our nature take, and for our life expire ;
    Then we perhaps—as man—may waver light,
    Our hatred turne to peace, to love our spight
Then Heaven shall turne to Hell, and day shall
    chaunge to night.

20.

But if with forces new to take the feild
Thou long'st, looke here, we prest, and ready stand:

See all that power, and wiles that Hell can yeeld
Expect no watchword, but thy first command :
Which given, without or feare or sword or shield,
Wee'le fly in Heaven's face ; I and my band
   Will draw whole worlds, leave here no rome[1]
     to dwell.
   Stale arts we scorne, our plots become black
     Hell,
Which no heart will beleeve, nor tongue dare tell.

21.

Nor shall I need to spurre the lazy monke,
Who never sweats but in his meale or bed,
Whose forward paunch ushers his uselesse truncke;
He barrels darknes in his empty head :
To eate, drinke, void what he hath eat and drunke,
Then purge his reines : thus these saints merited :
   They fast with holy fish and flowing wine
   Not common, but—which fits such saints[2]—
     Divine :
Poore soules, they dare not soile their hands with
   precious mine !

---

1 = room. G.
2 Hence called *Vinum Theologicum*. G.

22.

While th' Earth with night and mists was over-
    swai'd
And all the world in clouds was laid a-steep,
Their sluggish trade did lend us friendly aid,
They rock't and hush't the world in deadly sleep,
Cloyst'red the sunne, the moone they overlaid,
And prison'd every starre in dungeon deep.
   And when the Light put forth his morning ray,
    My famous Dominicke tooke the Light away,
And let in seas of blood to quench the early day.

23.

But oh, that recreant frier, who long in night
Had slept, his oath to me his captaine brake,
Vncloyst'red with himselfe the hated Light;
Those piercing beames forc't drowsie Earth awake,
Nor could we all resist: our flattrie, spight,
Arts, armes, his victorie more famous make.
   Down cloysters fall; the monkes chac't from
    their sty
   Lie ope, and all that loathsome company;
Hypocrisie, rape, blood, theft, whooredome, Sodomy.

24.

Those troupes I soone disband now useless quite;
And with new musters fill my companies:

And presse the crafty, wrangling Iesuite:
Nor traine I him as monks, his squinted eyes
Take in and view ascaunce the hatefull Light:
So stores his head with shifts and subtiltics.
　Thus being arm'd with arts, his turning braines
　All overturne.　Oh with what easy paines
Light he confounds with light, and truth with
　　truth distaines.

25.

The world is rent in doubt; some gazing stay,
Few step aright, but most goe with the croud.
So when the golden sun with sparkling ray
Imprints his stamp upon an adverse cloud,
The watry glasse so shines, that's hard to say
Which is the true, which is the falser proud.
　The silly people gape, and whisp'ring cry
　That some strange innovations is ny,
And fearefull wisard sings of parted tyranny.

26.

These have I train'd to scorne their contraries,
And face the truth, out-stare the open Light:
And what with seeming truths and cunning lies
Confute they cannot, with a scoffe to sleight.
Then after losse to crowe their victories.
And get by forging what they lost by fight.

And now so well they ply them, that by heart
They all have got my counterfciting part.
That to my schollers I turne scholler in mine art.

27.

Follow'd by these brave spirits, I nothing feare
To conquer Earth, or Heaven itselfe assayle,
To shake the starres, as thick from fixed spheare,
As when a rustick arme with stubborne flayle
Beates out his harvest from the swelling eare :
T' eclipse the moone, and sun himselfe injayle.
  Had all our army such another band,
  Nor Earth nor Heaven could long unconquer'd
    stand :
But Hell should Heaven, and they, I feare would
    Hell command.

28.

What country, city, towne, what family,
In which they have not some intelligence,
And party, some that love their company ?
Courts, Councells, hearts of kings found no defence,
No guard to barre them out : by flattery
They worme and scrue into their conscience ;
  Or with steel, poyson, dagges[1] dislodge the sprite:

---

1 A large pistol, called also a 'dagger' G.

If any quench or dampe this orient light,
Or soile[1] great Iesus name, it is the Iesuite.

29.

When late our whore of Rome was disaray'd,
Strip't of her pall and skarlet ornaments;
And all her hidden filth lay broad displayd,
Her putride pendant bagges[2] her mouth that sents[3]
As this, of Hell, her hands with scabbes array'd,
Her pust'led skin with ulcer'd excrements;
   Her friends fall off: and those that lov'd her best,
   Grow sicke to think of such a stinking beast:
And her, and every limbe that touch't her, much detest.

30.

Who help't us then? who then her case did rue?
These, onely these their care and art appli'de
To hide her shame with tires and dressing new:
They blew her bagges, they blanch't her leprous hide,
And on her face a lovely picture drew.

---

1 = Soil or de-file G.   2 Dugs or breasts. G.
3 Scents. G.

But most the head they pranck't in all his pride
  With borrowed plumes, stolne from antiquitie:
  Him with blasphemous names they dignifie;
Him they enthrone, adore, they crowne, they
      deifie.

31.

As when an image gnawne with wormes, hath lost
His beautie, forme, respect, and lofty place;
Some cunning hand new trimmes the rotten post,
Filles up the worme-holes, paints the soylèd face
With choicest colours, spares no art or cost,
With precious robes the putride trunck to grace.
  Circles the head with golden beames, that shine
    Like rising Sun : the vulgar low incline;
And give away their soules unto the block divine.

32.

So doe these Dedale[1] workmen plaster over
And smooth that stale[2] with labour'd polishing;
So her defects with art they finely cover,
Cloth[e] her, dresse, paint with curious colouring :
So every friend againe, and every lover

1 Dædal G.
2 Decoy. ‘To lie in stale = to lie in ambush.’ G.

Returnes and doates through their neate[1] pandaring :
  They fill her cup, on knees drinke healths to th'
    whore ;
  The drunken nations pledge it o're and o're ;
So spue, and spuing fall, and falling rise no more.

33.

Had not these troopes with their new-forgèd armes
Strook in, even ayre, earth too, and all were lost :
Their fresh assaultes and importune alarmes
Have Truth repell'd, and her full conquest crost :
Or these or none must recompence our harmes.
If they had fail'd wee must have sought a coast
  I'th moone—the Florentines new.world—to dwell,
  And, as from Heaven, from Earth should now
    have fell[2]
To Hell confin'd, nor could wee safe abide in Hell.

34.

Nor shall that little Isle—our envy, spight,
His Paradise—escape : even there they long
Have shrowded close their heads from dang'rous
    Light,

---

1 = seeming-pure. Cf. my Sibbes' glossary *s. v.* G.
2 Cf. my Sir John Davies' Poems page 147 and 193
and foot-note. G.

But now more free dare presse in open throng :
Nor then were idle, but with practicke slight[1]
Crept into houses great : their sugred tongue
　　Made easy way into the lapsèd brest
　　Of weaker sexe, where lust had built her nest,
There layd they cuckoe eggs, and hatch't their
　　　　brood unblest.

35.

There sowe they traytrous seed with wicked hand
'Gainst God and man ; well thinks their silly sonne
To merit Heaven by breaking God's command,
To be a patriot by rebellion.
And when his hopes are lost, his life and land
And he, and wife, and child, are all undone,
　　Then calls for heaven and angells, in step I
　　And waft him quick to Hel ; thus thousands die
Yet still their children doat : so fine their forgerie.

36.

But now that stormy season's layd, their spring,
And warmer sunnes call them from wintry cell :
These better times will fruits much better bring,
Their labours soone will fill the barnes of Hell

---

1 Sleight G.

With plenteous store ; serpents if warm'd, will
    sting :
And even now they meet, and hisse, and swell.
    Thinke not of falling, in the name of all
    This dare I promise, and make good I shall,
While they thus firmely stand, we cannot wholly
    fall.

37.

And shall these mortals creep, fawne, flatter, ly,
Coyne into thousand arts their fruitfull braine,
Venter life, limb, through Earth and water fly
To winne us proselytes ? scorne ease and paine,
To purchase grace in their whore-mistres eye ?
Shall they spend, spill their dearest blood to
    staine
    Rome's calendar, and paint their glorious name
    In hers, and our saint-rubrick ? Get them fame,
Where saints are fiends, gaine losse, grace disgrace,
    glory shame?

38.

And shall wee—Spirits !—shall we—whose life
    and death
Are both immortall—shall we, can we faile ?
Great prince o' th' lower world, in vaine we
    breath

Our spight in Councell ; free us this our jayle :
We doe but lose our little time beneath ;
All to their charge : why sit we here to waile ?
  Kindle your darts and rage ; renew your fight :
  We are dimist : breake out upon the Light,
Fill th' Earth with sin and blood ; Heaven with
    stormes and fright.

39.

With that the bold blacke Spirit invades the Day,
And Heav'n and Light, and Lord of both defies.
All Hell run out, and sooty flagges display,
A foule deformèd rout : Heav'n shuts his eyes ;
The starres look pale, and early Morning's ray
Layes down her head againe, and dares not rise ;
  A second night of spirits the ayre possest ;
  The wakefull cocke that late forsooke his nest,
Maz'd how he was deceav'd, flies to his roost, and
    rest.

40.

So when the South—dipping his sable wings
In humid seas—sweeps with his drooping beard
The ayer, earth, and ocean, down he flings
  The laden trees, the plowman's hopes new-ear'd
Swimme on the playne : his lippes, loud thunder-
    ings.

And flashing eyes make all the world afeard :
　　Light with darke clouds, waters with fires are
　　　　met,
　　The sunne but now is rising, now is set,
And finds West-shades in East, and seas in ayers
　　　　wet.

1.

FALSE world, how doest thou witch dimme
      Reason's eies!
  I see thy painted face, thy changing fashion:
Thy treasures, honours, all are vanities,
Thy comforts, pleasures, joyes, all are vexation,
Thy words are lyes, thy oaths foule perjuries,
Thy wages, care, greife, begg'ry, death, damnation:
  All this I know: I know thou doest deceave me,
  Yet cannot as thou art but seem'st, conceave
    thee:
I know I should, I must, yet oh! I would not
  leave thee.

2.

Looke, as in dreames, where th' idle fancy playes,
One thinkes that fortune high his head advances:
Another spends in woe his weary dayes;
A third seemes sport in love and courtly daunces;
This grones and weepes, that chants his merry laies;
A sixt to finde some glitt'ring treasure chaunces:

Soone as they wake, they see their thoughts
    were vaine,
And quite forget, and mocke their idle braine,
This sighs, that laughs to see how true false
    dreames can faine.

3.

Such is the world, such life's short acted play :
This base and scorn'd ; this high in great esteeming
This poore and patchèd seemes, this rich and gay ;
This sick, that strong : yet all is onely seeming :
Soone as their parts are done, all slip away ;
So like, that waking, oft wee feare w'are dreaming
    And dreaming hope we wake. Wake, watch
      mine eies : ·
What can he in the world, but flatteries,
Dreams, cheats, deceits, whose prince is king of
    Night and lies !

4.

Whose hellish troopes fill thee with sinne and
    blood ;
With envie, malice, mischiefs infinite :
Thus now that numerous, black, infernall brood
Or'e-spread thee round ; th' Earth struck with
    trembling fright
Felt their approach, and all-amazèd stood,

So suddain got with child, and big with spight.
  The damnèd spirits fly round, and spread their
     scede :
 Straight hate, pride, strife, warres and seditions
    breed,
Get up, grow ripe : How soone prospres the vicious
    weed !

5.

Some in the North their hellish poyson shed,
Where seldome warres, dissention never, cease :
When Volga's streames are sail'd with horse and
    sled,
Pris'ning in chrystal walls his frozen seas :
Where Tartar, Russe, the Pole, and prospering
    Swed
Nor know the sweet, nor heare the name of peace :
  Where sleeping sunnes in Winter quench their
    light,
  And never shut their eyes in Summer bright ;
Where many moneths make up one onely day and
    night,[1]

---

1 Reminiscensces of the paternal Fletohcr's fire-side
'chats' of his 'Russe' travels.   G.

6.

There lie they cloyst'red in their wonted cell :
The sacred nurseries of the Societie :
They finde them ope, swept, deck't : so they dwell,
Teaching and learning more and more impietie.
There blow their fires and tine[1] another Hell,
There make their magaziue, with all varietie
  Of fiery darts; the Iesuites help their friends :
  And hard to say which in their spightfull euds
More vexe the Christian world, the Iesuites, or
  the Fiends.

7.

The Fiends finde matter, Iesuites forme ; those
  bring
Into the mint foule hearts, scar'd conscience,
Lust-wandring eyes, eares fil'd with whispering,
Feet swift to blood, hands gilt with great expence,
Millions of tongues made soft for hammering,
And fit for every stampe, but Truth's defence :
  These—for Rome's use, on Spanish anvile—
    frame
  The pliant matter : treasons hence diflame[2]
Lusts, lies, blood, thousand griefes set all the
  world on flame.

---

1 Kindle. G.   2 Flame-out. G.

8.

But none so fits the Polish Iesuite,
As Russia's change, where exil'd Grecian priest[1]
Late sold his patriarchal chaire, and right ;
That now proud Mosko vants her lofty crest
Equall with Rome : Rome's head full swolne with
    spight,
Scorning a fellow-head or peer, but Christ,
    Straines all his wits and friends : they worke,
    they plod
    With double yoke the Russian necks to load ;
To crowne the Polish prince their king, the Pope
    their God.

9.

The fiends and times yeeld them a fit occasion
To further their designes : for late a Beast[2]

---

1 Hierom, Patriarch of the Greeke Church came unto
Mosco in the yeare 1588 ; sold to Theodore Ivanovich,
Emperour of Russia, his patriarchal right; who presently
installed into it the Metropolitane of Mosco.   F.

2 Borrise Federowich brother to the empresse of
Russia, having by the simplicitie of that emperour aspired
to that kingdome, by murther of the chiefe nobilitie and
extirpatiou of the royall seed, entred as subtily as he ruled
cruelly and died foolishly, killing himselfe while his
treasures were yet untoucht and great, and the chiefe city
might have beene won to have stood to him.   F.

Of salvage breed, of straunge and monsterous
    fashion,
Before a fox, an asse behind, the rest
A ravenous wolfe, with fierce but slie invasion
Enters the Russian court, the lyon's nest,
    Worries the lion's selfe, and all his brood :
    And having gorg'd his mawe with royall blood,
Would sleepe—Ah ! short the rest that streames
    from such a food !

10.

Ah ! silly man, who dream'st that honour stands
In ruling others, not thyselfe ! thy slaves
Serve thee, and thou thy slaves : in iron bands
Thy servile spirit prest with wild passions raves.
Base State, where but one tyrant realmes com-
    mands :
Worse, where one single heart serves thousand
    knaves.
    Would'st thou live honoured ? Clip ambition's[1]
    wing ;
To reason's yoke thy furious passions bring.
Thrice noble is the man who of himselfe is King.

---

1 Misprinted 'ambitious' G.

11.

With mimicke skill, they trayne a caged beast,[1]
And teach him play a royall lyon's part:
Then in the lyon's hide, and titles drest
They bring him forth: he master in his art
Soone winnes the vulgar Russe, who hopes for
    rest
In chaunge; and if not ease yet lesser smart:
    All hunt that monster, he soone melts his pride
    In abject feare; and life himselfe envi'de:
So whelp't a fox, a wolfe he liv'd, an asse he di'de.

12.

Proud of his easy crowne and straunge successe,
The second beast[2]—sprung of a baser brood—

---

1 Griskey Strepey, a Mosique and sometime chorister
at Precheste in Mosko, and from thence with an embassa-
dour passing into Polonia, and there cloystered, was taught
by the Iesuites to play the king, and usurping the name
of Demetrius—slaine by Borrise Federowic: —under that
mask with the Polonian forces, and by the revolt of the
Russes was crowned emperour. F.

2 At his first entry the counterfeit Demetrius wan the
applause and good opinion of many, and very politickly
behaved himselfe: but when he cenceaved himselfe to be
setled on the throne, he grew lascivious and insolent and
bloody; and by a conspiracy was slaine, and his dead
corps exposed to all shame and contempt. F.

Comes on the stage, and with great seemelinesse
Acts his first scenes ; now strong 'gins chaunge
   his mood
And melts in pleasure, lust and wantonesse :
Then swimmes in other, sinkes in his owne blood.
  With blood and warres, the ice and liquid
    snowes
Are thaw'd ; the Earth a red sea overflowes.
Quarrells by falling rise, and strife by cutting
   growes.

13.

Some fiends to Grece their hellish firebrands
   bring,
And wake the sleeping sparks of Turkish rage ;
Where once the lovely Muses us'd to sing
And chant th' heroes of that golden age ;
Where since more sacred Graces learn'd to string
That heav'nly lyre, and with their canzons[1] sage
  Inspirit flesh, and quicken stinking graves.
  There—ah ! for pitty—Muses now are slaves,
Graces are fled to Heav'n, and hellish Mahomet
   raves.

---

1 = canons ? or is it ' singing ' or ' chanting '?   G.

14.

But Lucifer's proud band in prouder Spaine
Disperse their troopes: some with unquench't
    ambition
Inflame those Moorish Grandes[1] and fill their
    braine
With subtile plots; some learne of th' Inquisition
To finde new torments and unusèd paines:
Some traine the Princes with their lewd tuition,
    That now of Kings they scorne to be the first
    But onely: deep with kingly dropsies pierc't
Their thirst drinkes kingdomes downe, their
    drinking fires their thirst.

15.

Æquivocus, remembring well his taske
And promise, enters Rome; there soone he eyes
Waters of life tunn'd up in stinking caske
Of deadly errours, poyson'd truth with lies:
There that stale[2] purple whore in glorious maske
Of holy Mother Church he mumming[3] spies,
    Dismounted from her seven-headed beast

---

1 Grandees or Nobles. G.

2 = decoy, as *ante*. G.

3 Masking: hence 'mummer' G.

Inviting all with her bare painted breast,
They suck, steep, swell, and burst with that
    envenom'd feast.

16.

Nor stayes till now the stately Court appeares,
Where sits that Priest-king, all the Alls sover-
    aigne:
Three mitred crownes the proud Impostor weares,
For he in Earth, in Hell, in Heav'n will raigne:
And in his hand two golden keyes he beares,
To open Heav'n and Hell, and shut againe.
    But late his keyes as marr'd or lost; for Hell
    He cannot shut but opes, and enters well:
Nor Heav'n can ope but shut; nor Heav'n will
    buy, but sell.

17.

Say Muses say: who now in those rich fields
Where silver Tibris swimmes in golden sands,
Who now, ye Muses, that great scepter wields,
Which once sway'd all the Earth with servile bands?
Who now those Babel towres, once fallen, builds?
Say, say, how first it fell, how now it stands?
    How, and by what degrees, that citie sunk?
    Oh! are those haughty spirits so basely shrunk?
Cesars to chaunge for friers, a monarch for a monk?

18.

Th' Assyrian lyon deck't in golden hide,[1]
Once grasp't the nations in his lordly paw :
But him the Persian silver beare defi'd,[2]
Tore, kill'd, and swallowed up with ravenous jaw ;
Whom that Greeke leopard no sooner spi'de,[3]
But slue, devour'd, and fill'd his empty maw :
   But with his raven'd prey his bowells broke;
   So into foure divides his brazen yoke.
Stol'ne bits, thrust downe in hast, doe seldome
    feed but choke.

19.

Meane time in Tybris fen a dreadfull beast[4]
With monstrous breadth, and length seven hills
    o're-spreads :
And nurst with dayly spoyles and bloody feast
Grew vp to wondrous strength : with seven heads
Arm'd all with iron teeth, he reuds the rest,
And with proud feet to clay and morter treads.
   And now all Earth subdu'de, high Heav'n he
     braves,
   The head he kills, then 'gainst the body raves :
With saintly flesh he swells, with bones his den
    he paves.

---

1 Daniel. vii. 4. F.   2 Daniel. vii. 5. F.
3 Daniel. vii. 6. F.   4 Daniel. vii. 7. F

20.

At length five heads were fall'ne : the sixt
  retir'd[1]
By absence yields an easy way of rising
To th' next and last; who with ambition fir'd,
In humble weeds[2] his haughty pride disguising,
By slow, sly growth unto the top aspir'd :
Vnlike the rest he veiles his tyrranising
  With that lamb's head and horns: both which
    he claimes,[3]
  Thence double raigne, within, without hee
    frames :
His head the lamb, his tongue the dragon loud
    proclames.

21.

Those fisher-swaynes, whome by full Iordan's wave
The Sea's great Soveraigne His art had taught,
To still loud stormes when windes and waters rave,
To sink their laden boats with heavenly fraught ;
To free the fish with nets, with hookes to save :
For while the fish they catch, themselves were
    caught :

---

1 Apoc. xvii. 10. F. 2 = mournful raiments. G.
3 Apoc. xiii. 11. F.

And as the scaly nation they invade,
  Were snar'd themselves. Ah! much more
    blessed trade
That of free fisher-swaines were captive fishes
    made!

22.

Long since those fisher-swains had chang'd their
    dwelling;
Their spirits—while bodies slept in honour'd
    toombes—
Heaven's joyes enjoy, all excellence excelling;
And in their stead a crue of idle groomes
By night into the ship with ladders stealing,
Fearles succeed, and fill their empty roomes.
  The fisher's trade they praise, the paynes deride:
  Their narrow bottomes stretch they large and
    wide,
And make broad roomes for pomp, for luxury and
    pride.

23.

Some from their skiffs to crownes and scepters
    creep,
Heaven's selfe for Earth, and God for man reject-
    ing:
Some snorting in their hulks supinely sleep,

Seasons in vaine recall'd and winds neglecting :
Some nets and hookes and baits in poyson steep,
With deathfull drugges the guiltles seas infecting :
　The fish their life and death together drink ;
　And dead pollute the seas with venom'd stink :
So downe to deepest Hell both fish and fishers sink.

24.

While thus they swimme in ease, with plenty
　　flowe,
Each losel[1] gets a boat and will to sea :
Some teach to work, but have no hands to rowe ;
Some will be lights, but have no eyes to see ;
Some will be guides, but have no feete to goe ;
Some deafe, yet ears ; some dumbe, yet tongues
　　will bee ;
　Some will bee seasoning salt, yet drown'd in gall :
　Dumbe, deafe, blinde, lame and maime ; yet
　　fishers all,
Fit for no other use but 'store an hospitall.

25.

Mean time the Fisher, which by Tiber's bankes
Rul'd leasser boates, casts to enlarge his See :

---

1 'Scoundrel' G.

His ship—even then too great—with stollen
    plankes
Length'ning, he makes a monstrous argosie ;
And stretches wide the sides with out-growne
    flankes :
Peter and Paul his badge, this' sword, that's key
  His feynèd armes : with these he much prevailes
  To him each fisher boy his bonnet veyles,
And as the lord of seas adores with strooken sayles :

26.

Nor could all seas fill up his empty mawe :
For Earth he thirsts : the Earth invades, subdues :
And now all earthly gods with servile awe
Are highly grac't to kisse his holy shooes :
Augustus' selfe stoops to his soveraigne lawe,
And at his stirrop close, to lacky sues :
  Then Heaven's scepter claymes, then Hell and
    all.
  Strange turne of chaunges ! to be lowe and
    thrall
Brings honour, honour strength, strength pride,
    and pride a fall.

27.

Vpon the ruines of those marble towres,
Founded, and rays'd with skill and great expence

Of auncient Kings, great lords and emperours,
He built his Babel up to Heav'n, and thence
Thunders through all the world : on sandy floores
The ground-worke slightly floats, the walls to
　　sense
　　Seeme porphyr faire, which blood of martyrs
　　　taints ;
　　But was base lome, mixed with strawy saints ;
Daub'd with untemper'd lime, which glistering
　　　tinfoyle paints.

28.

The portall seemes—farre off—a lightsome frame,
But all the lights are false : the chrystall glasse
Back't with a thick mud-wall beates off the flame
Nor suffers any sparke of day to passe.
There sits dull Ignoraunce, a loathly dame,
Two eyes, both blind : two eares, both deafe shee
　　ha's :
　　Yet quick of sense they to her selfe appeare.
　　Oh who can hope to cure that eye and eare,
Which being blind and deafe, bragges best to see
　　　and heare !

29.

Close by her children two : of each side one,
A sonne and daughter sate : he Errour hight,

A crooked swaine : shee Superstition.
Him Hate of Truth begot in Stygian night ;
Her Feare, and falsely call'd, Devotion ;
And as in birth, so joyn'd in loose delight
    They store the world with an incestuous breed
A bastard, foule, deform'd, but num'rous seed ;
All monsters : who in parts or growth, want or
        exceed.

30.

Her sonne invites the wandring passengers
And calls aloud, Ho ! every simple swaine
Come, buy crownes, scepters, miters, crosiers,
Buy thefts, blood, incests, oaths, buy all for gaine :
With gold buy out all Purgatory feares,
With gold buy Heaven and Heaven's Soveraigne.
    Then through an hundred labyrinths he leads
    The silly soule, and with vaine shadowes feeds :
The poore stray wretch admires old formes and an-
        ticke[1] deeds.

31.

The daughter leads him forth in pilgrim's guise
To visite holy shrines, the Lady Hales ;

---

1 'Ancient' G.

The dove's and Gabriel's plumes in purple dyes,
Cartloads of crosse, and straunge-engendring
    nayles : [1]
The simple man adores the sottish lyes :
Then with false wonders his frayle sense assayles,
  Saint[2] Fulbert nurst with with milke of virgine
    pure :
  Saint Dominick's bookes,[3] like fish in rivers
    dure ;[4]
Saint Francis' birds and wounds : and Bellarmine's
  breeches cure.

32.

The Hall is vastly built for large dispence ;
Where freely ushers loosest Libertie,
The waiters Lusts, the caterer, vaine Expence,
Steward of th' house wide-panchèd Gluttonie ;
Bed-makers, Ease, Sloth, and soft, wanton Sense ;
High-chamberlaine, perfumèd Lecherie :

---

1 Strangely-multiplying 'nails' of the Cross. G.
2 Saint Fulbert sucked the brests of the blessed Virgine : so saith Baronius, Annal., 1028, n. 5. F.
3 Dominick's books lay dry a whole night in a river Antonius Sum. F.
4 *i.e.,* endure. G.

The outward Courtes with Wrong and Bribery
    stink
That holy Catherine[1] smelt the loathsome sink
From French Avinion's towers[2] to Tuscan Sien's[3]
    brinke.

33.

The stately presence princely spoyles adorne
Of vassal kings : there sits the man of pride,
And with his dusty feet[4]—oh! hellish scorne!—
Crownes and uncrownes men by God deifi'de.
He is that seeing and proud-speaking horne,[5]
Who stiles himselfe Spouse of that glorious Bride;
    The Churche's Head and Monarch : Iesse's rod;
    The precious corner-stone : supreme vice-god ;
The Light, the Sunne, the Rock, the Christ, the
    Lord our God.[6]

---

1 This is affirmed by Antonine hist.   F.

2 Avignon.   G.

3 Sienna.   G.

4 Celestine III, thus dealt with Henry VI., Empe-
ronr.   F.

5 Daniel vii., 8.   F.

6 All these titles and many more are given to the
Popes by their vassals, and by them accepted and justified.   F.

34.

There stand the pillars of the Papacie;
Stout champions of Rome's almighty power:
Carv'd out as patterns to that holy Sec.
First was that Boniface, the cheifest flower
In Papal Paradise, who climb'd to bee
First universall Bishop-governour.[1]
    Then he that would be Pope and Emperour too:[2]
    And close by them that monstrous prelate, who
Trampled great Fredcrick's necke with his proud
        durty shooe.[3]

35.

Aboue the rest stood famous Hildebrand
The father of our Popish chastitie :
Who forc't brave Henry with bare feet to stand
And beg for entrance, and his amitie.
Finely the workman with his Dedal hand[4]
Had drawne disdaine sparkling in's fiery eie,
    His face all red with shame and angry scorne,
    To heare his sonne lament, his Empresse mourne,
While this chast father makes poore Asto weare
        the horn.

---

1 Boniface III. F.   2 Boniface VIII. F.
3 Alexander III. F.   4 Of Dædalus, as before. G.

36.

There stoo.1 Lucretia's father, husband, brother,
The monster Borgia, cas'd iu lust aud blood :[1]
And he that fil'd his child and quell'd his mother :[2]
He that was borne, liv'd, died in lust :[3] there stood
The female Pope, Rome's shame, [4] and many other
Kindled for Hell on Earth in lustfull flood.
  These saints accurse the married chastity.
  A wife defiles : oh deep hypocrisy !
Yet use, reward and praise twice burning Sodomy.

37.

And with those fleshly stood the spirituall bauds :
They choose, and frame a goodly stone or stock :
Then trimme their puppet-god with costly gauds.
Ah ! who can tell which is the verier block,
His god or he !   Such lyes are godly frauds.
Some whips adore, the crosse, the seamlesse frock,
  Nayles, speare, reed, spunge ; some needing no
      partaker,
  Nor using any help but of the baker :
Oh ! more then power divine !—make, chew, and
      voide their Maker.

---

1 Alexander VI. F.   2 Paul III., F.   3 Pius IV. F.
4   John VIII. or rather Ioan.   F.

38.

By these were plac'd those dire incarnate fiends
Studied in that black art, and that alone :
One leagu'd himselfe to Hell t' effect his ends,
In Rome's bee-hive to live the soveraigne drone :[1]
Another musters all the divels, his friends[2]
To pull his Lord out of His rightfull throne ;
   And worse then any fiend, with magicke rite
   He casts into the fire the Lord of Light :
So sacrific'd his God to an infernall spright.

39.

But who can summe this holy rablement ?
This prais'd the Gospel as a gainfull tale ;
That questions Heav'ns reward, Hel's punishment;[3]
This for his dish in spight of God doth call ;[4]
That Heaven taints, infects the sacrament
The bread and seale of life perpetuall :

---

1 Silvester II. and many others.   F.
2 Gregory VII. F.
3 Leo X.   F.
4 John XXIII and John XXIV.   F.

And pois'ning Christ, poisons with Him his
    King:
He life and death in one draught swallowing,
Wash't off his sinfull staines in that life's deadly
    spring.[1]

---

1 Henry, Emperour, was poysoned in the sacrament
given by a priest, set on by Robert, King of Naples, and
Robert by Clement V. Avent. F.

Canto IV.[1]

1.

Looke as a goodly pile, whose ayrie towres
Thrust up their golden heads to th' azure sky,
But loosely leanes his weight on sandy floores:
Such is that man's estate, who looking high
Grounds not his sinking trust on heavenly powres:
His tott'ring hopes no sooner live but die.
   How can that frame be right, whose ground is
      wrong?
   Who stands upon his owne legges, stands not
      long:
For man's most weake in strength, in weaknes
     only strong.

2.

Thus Rome—when drench't in seas of martyrs
     blood,
And tost with stormes, yet rooted fast on Christ—
Deep-grounded on that Rocke most firmely stood:

---

1 Printed IIII.   G.

But when with pride and worldly pompe entic't
She sought her selfe, sunke in her rising flood.
So when of late that boasted Iesuite priest[1]
   Gath'red his flocke, and now the house 'gan
      swell
   And every care drew in the sugred spell,
Their house, and rising hopes, swole, burst, and
      headlong fell.

3.

Through this knowne entraunce past that subtile
      Spright:
There thundring Paul retir'd he sullen found,
Boyling his restles heart in envious spight,
Gall'd with old sores, and new Venetian wound :
His thoughtfull head lean'd downe his carefull[2]
      weight
Vpon a chayre, farre fetch't from Dodon ground.
   Thence without feare of errour they define :
   For there the Spirit his presence must confine.
Oh ! more then God, who makes his bread, blocks,
      chayres divine!

4.

But that true Spirit's want, this false supplies;
He folds that scorner's chayre in's cloudy wings,

---

1 Drury. F.   2 = full of care. G.

And paints and gilds it fayre with colour'd lies.
But now from's damnèd head a snake he flings
Burning in flames : the subtile serpent flies
To th' aymèd marke, and fills with firy stings
   The Papal brest ; his holy bosome swells
    With pride and rage : straight cals for books,
      lights, bells,
Frets, fumes, fomes, curses, chafes, and threatens
    thousand hells.

5.

So when cold waters wall'd with brasen wreath
Are sieg'd with crackling flames, their common foe,
The angry seas 'gin fome and hotly breath,
Then swell, rise, rave, and still more furious grow,
Nor can be held : but prest with fires beneath
Tossing their waves, break out and all o'reflow.
   In hast he calls a Senate : thither runne
   The blood-red cardinalls, friers white and dunne,
And with and 'bove the rest Ignatius' eldest sonne.

6.

The Conclave fills apace : now all are met :
Each knowes his stall, and takes his wonted place.
So downe they sit : and now they all are set :
Æquivocus, with his bat-wing'd embrace,
Clucks, broods his chickens, while they sadly
    treat :

Their eyes all met in th' holy father's face,
   There first forsee his speech : a dusky cloud
   Hangs on his brow; his eyes fierce lightnings
     shroud,
At length they heare it breake and rore in thunders
     loud.

7.

Thrice-glorious founders of Rome's Hierarchy,
Whose towring thoughts and more then manly
     spirit
Beyond the spheares have ray'sd our Monarchy,
Nor Earth nor Heaven can pay your boundlesse
     merit.
Oh! let your soules above the loftiest sky
Your purchast crownes and scepters just inherit.
   Here in your pourtraits may you ever live ;
   While we—poore shadowes of your pictures—
     grieve
Our sloth should basely spend, what your high
     vertues give.

8.

I blush to view you : see priest-kings, oh ! see
Their lively shades our life as shades upbrayd :
See how his face sparkles in majesty,
Who that first stone of our vast Kingdome layd,

Spous'd the whole Church and made the World
    his See :[1]
With what brave anger is his cheek arrayd,
  Who Peter's useles keyes in Tiber flings![2]
  How high he lookes that treades on basilisks'
    stings,
And findes for's lordly foot, no stool but necks of
    kings![3]

9.

See where among the rest great Clement stands[4]
Lifting his head 'bove Heaven, who angels cites
And bids them lowly stoop at his commands,
And waft tir'd soules to those eternall lights.
But what they wonne, we loose : townes, cities
    Lands
Revolt : our buls each petty lamb-kin slights :
  We storme and thunder death, they laugh, and
    gren[5]
  How have we lost our selves ! O where, and
    when
Were we thus chang'd ? sure they were more, we
    lesse, then men.

---

1 Boniface III. F.   2 Julius VIII. F.
3 Alexander III. F.   4 Clement V. F.
5 'grin.' G.

10.

Can that uncloist'red frier[1] with those light armes
That sword and shield which we mocke, scorne,
     defie,
Wake all the sleeping world with loud alarmes,
And ever conqu'ring live, then quiet die?
And live and dead, load us with losse and harmes?
A single simple frier? And oh! shall I,
     Christ, God on Earth, so many losses beare
     With peace and patience? who then Rome will
        feare?
Who then to th' Romane God his heart and hands
     will reare?

11.

Belgia is wholly lost, and rather chuses
Warres, flame and blood, then peace with Rome
        and Spain.
Fraunce halfe fal'ne off, all truce and parl' refuses:
Edicts, massacres, leagues, threats, all are vaine.
Their king with painted shew our hope abuses,
And beares our forcèd yoke with scorne and paine.
     So lyons—bound—stoop, crouch with fainèd awe,

---

1 Luther. F.

But—loos'd—their keeper seize with lordly paw,
Drag, rend, and with his flesh, full gorge their
        greedy maw.

12.

See where proud Dandal chain'd, some scraps ex-
        pecting
Lies cub-like under boord, and begs relcife : [1]
But now their Corno our three crownes neglecting
Censures our sacred censures, scornes our Briefe.
Our English plots our adverse power detecting
Doubles their joy, trebles their shame and griefe.
    What have we reap't of all our paines and
        seed ?
    Seditions, murthers, poysons, treasons breed
To us more spight and scorne : in them more hate
    and heed.

13.

That fleet, which with the moone for vastnesse
        stood,
Which all the Earth, which all the sea admires, [2]

---

1 Dandalus, Duke of Venice was compeld by the Pope,
Clement the Vth., to crouch under the table, chained like a
dogge ; before he could obtain peace for the Venetians. F.
    2 =Wonders at. G.

Amaz'd to see on waves, a moone of wood ;
Blest by our hands, frighted with suddaine fires
And panicke feares, sunke in the gaping flood :
Some split, some yeeld, scarce one—that torne—
    retires.
  That long wish't houre, when Cynthia set i' th'
    maine,
  What hath it brought at length, what change,
    what gain?
One bright star fell, the sunne is ris'ne and all his
    traine.

14.

But Fates decree our fall : high swelling names[1]
Of Monarch, Spouse, Christ, God, breed much de-
    bate,
And heape disdaine, hate, envy, thousand blames :
And shall I yeeld to envy, feare their hate,
Lay downe my titles, quit my justest claimes ?
Shall I Earth's God, yeeld to uncertaine fate ?
  Sure I were best with cup in hand to pray

---

1 The Card[inal] Giure made a motion in the holy
office concerning the moderating the Pope's titles. But
the Pope would give no way to it : as being no greater
then the authority of Peter's successour did require. F.

My sheepe be rul'd : I scorne that begging way ;
I will, I must command :[1] they must, they shall
   obay.

15.

Shall I, the world's bright sunne, Heaven's oracle,
The onely tongue of God's owne mouth, shall I,
Of men, of faith, the Iudge infallible,
The rule of good, bad, wrong, and equitie :
Shall I, Almighty, Rock invincible,
Stoop to my servants, beg authoritie ?
   Rome is the world's, I, Rome's head : it shall
      raigne :
   Which to effect, I live, rule; this to gaine
Is here my' Heaven : to loose, Hell's tormenting
   paine.[2]

16.

So said and ceas'd : while all all the priestly round
In sullen greife, and stupide silence sat :

---

3 Paul Vth. in all his conferences with the Venetians
had that continually in his mouth, I must be obeyed.
Hist. Inter. Ven. F.

2 It was the saying of Paul Vth. that he was purposely
set to maintaine the Churche's authoritie, and that he
account it a part of his happines to dye for it. Hist.
Interd. Ven. F.

This bit his lip, that nayl'd his eye to th' ground,
Some cloud their flaming eyes 'with scarlet hat,
Some gnash't their spightfull teeth, some lowr'd
    and frown'd:
Till—greife and care driven out by spight and
    hate—
    Soft murmers first 'gan creep along the croud:
    At length they storm'd and chaf't and thundred
    loud,
And all sad[1] vengeance swore, and all dire mis-
    cheife vow'd.

17.

So when a sable cloud with swelling sayle
Comes swimming through calme skies, the silent
    ayre
—While fierce winds sleepe, in Æol's rocky jayle—
With spangled beames embroydred, glitters faire:
But soon 'gins lowre and grone; straight clatt'ring
    hayle
Fills all with noyse: Light hides his golden hayre;
    Earth with untimely Winter's silverèd.
    Then Loiol's[2] eldest sonne lifts up his head,
Whom all with great applause and silence usherèd.

---

1 Cf my Sir John Davies: Postscript _i_ 475: =serious
or perhaps here ' stern.' G.
    2 That is, Loyola. G

18.

Most holy father, priests, kings soveraigne,
Who equal'st th' highest, makest lesser Gods,
Though Dominick and Loiola now sustaine
The Lateran[1] Church, with age it stoopes and
    noddes :
Nor have we cause to rest, or time to plaine :
Rebellious Earth—with Heaven it selfe to oddes—
   Conspires to ruine our high envi'de state :
   Yet may wee by those artes prolong our date,
Whereby wee stand : and if not chaunge yet stay
   our fate.

19.

When captaines strive a fort or towne to winne,
They lay their batt'ry to the weakest side ;
Not where the wall and guard stands thicke, but
    thinne :
So that wise Serpent his assault appli'de,
And with the weaker vessell would beginne :

---

1 Pope Innocent the III. dreamed that the Lateran
church at Rome was falling, but that Saint Dominick
setting to his shoulders underpropped, whereupon he
confirmed his order.   F.

He first the woman with distrust and pride
    Then shee the man, subdues with flatt'ring lies ;
    So in our battaile gets two victories :
Our foe will teach us fight, our fall will teach us
      rise.

20.

Our cheife[1] who every slight[2] and engine knowes,
While on th' old tioupes he spent his restles paines,
With equall armes assaulting equall foes,
What hath he got, or wee ? what fruite, what
      gaines
Ensu'de ? we beare the losse, and he the blowes :
And while each part their wit and learning straines,
    The breach repaires, and—foil'd—new force
      assumes :
    Their hard encounters and hot angry fumes
Strike out the sparkling fire, which lights them, us
      consumes.

21.

Instead of heavy armes hence use we slight :[2]
Trade we with those which train'd in ignorance

---

1 Bellarmine. F.
2 Sleight = artifice, as before. G.

Have small acquaintance with that heavenly
    Light;
Those who disgrac't by some misgovernance
—Their owne or others—swell with griefe or
    spight.
But nothing more our kingdome must advance,
  Or further our designes, then to comply
  With that weake sexe, and by fine forgerie
To worme in womens' hearts, chiefly the rich and
    high.

22.

Nor let the stronger scorne these weaker powres;
The labour's lesse with them, the harvest more:
They easier yeeld and win; so fewer houres
Are spent: for women sooner drinke our lore,
Men sooner sippe it from their lippes then ours:
Sweetly they learne and sweetly teach: with
    store
  Of teares, smiles, kisses, and ten thousand arts
  Then lay close batt'ry to mens' frayler parts:
So finely steale themselves and us, into their hearts.

23.

That strongest champion who with naked hands
A lyon tore; who all unarm'd and bound
Heap't mounts of armèd foes on bloody sands:

By woman's art, without or force or wound
Subdud'e, now in a mill, blind, grinding stands.
That sunne of wisedome, which the preacher
    crown'd
      Great king of arts, bewitch't with women's
      smiles,
      Fell deepe in seas of folly by their wiles.
Wit, strength, and grace it selfe, yeeld to their
    flatt'ring guiles.

24.

This be our skirmish : for the maine, release
The Spanish forces, free strong Belgia
From feare of warre, let armes and armies cease :
What got our Alva, Iohn of Austria ?
O ur captaine, Guile; our weapons Ease and Peace :
These more prevaile then Parma,[1] Spinola,[2]
      The Dutch shall yeeld us armes and men; there
      dwell
      Arminians, who from heaven halfe-way fell :
A doubtfull sect which hang 'tween truth, lies,
    Heaven and Hell.

---

1 Alexander Farnese, third Duke of Parma: died
1592. G.

2 Ambrose, Marquis of Spinola: died 1630. G.

25.

These Epicens have sowne their subtile brayne
With thorny difference and neat illusion :
Proud, fierce, the adverse part they much disdaine.
These must be handled soft with fine collusion,
For Calvins' hate to side with Rome and Spaine,
To worke their owne, and their owne-home's con-
    fusion.
  And by large summes, more hopes, wee must
    bring in
Wise Barnevelt[1] to lay our plotted gin :
So where the lyon fayles, the fox shall cas'ly win.

26.

The flowres of Fraunce, those faire delicious
    flowres,
Which late are imp't[2] in stemme of proud Navar,[3]
With ease wee may transferre to Castile bowres.
Feare not that sleeping lyon : this I dare,
And will make good spight of all envious powres :
When that great bough most threats the neigh-
    b'ring ayre,

---

1 John van Olden Barneveldt: a Dutch statesman;
died 1619   G.
  2 'Engrafted,' from 'imp' a shoot or sucker.   G.
  3 Navarre, Henry of: died 1610.   G.

Then shall he fall : when now his thoughts
 worke high,
And in their pitch their towring projects fly,
Then shall he stoop ; his hopes shall droop, and
 drop, and dy.

27.

We have not yet forgot the shamefull day
When forc't from Fraunce and our new holds to fly
—Hooted and chac't as owles—we ran away.
That pillar of our lasting infamy
Though raz'd, yet in our minds doth freshly stay.
Hence love wee that great king so heartily,
 That but his heart nought can our hearts con-
  tent :
 His bleeding heart from crazy body rent,
Shrin'd in bright gold shall stand our Iesuite
 monument.

28.

This be our taske : the aged truncke wee'l lop,
And force the sprigges forget their former kind :
Wee'l graft the tender twigges on Spanish top,
And with fast knots Fraunce unto Spaine wee'l
 bind,

With crosse and double knotts; wee'l still[1] and drop
The Romane sap into their empty mind :
    Wee'l hold their heart, wee'l porter at their
        care,
    The head, the feet, the hands wee'l wholly
        steare :
That at our nod the head the heart it selfe shall
        teare :

29.

All this a prologue to our Tragedy :
My head's in travaile of an hideous
And fearfull birth : such as may fright the sky,
Turne back the sun : helpe, helpe Ignatius!
And in this act proove thy new deity.
I have a plot worthy of Rome and us,
    Which with amazement, Heauen and Earth shall
        fill :
    Nor care I whether right, wrong, good, or ill. :
Church-profit is our law, our onely rule thy will,

30.

That blessed Isle so often curst in vaine,
Triumphing in our losse and idle spight,

---

1 = distill. G.

Of force shall shortly stoop to Rome and Spayne :
I'le take a way ne're knowne to man or spright.
To kill a king is stale, and I disdaine:
That fits a secular, not a Iesuite.
   Kings, nobles, clergy, commons, high and low,
   The flowre of England in one houre I'le mow,
And head[1] all th' Isle with one unseen, unfencèd
   blow.

31.

A goodly frame, rays'd high with carvèd stones,
Leaning his lofty head on marble, stands
Close by that Temple where those honour'd bones
Of Britaine kings and many princely grands[2]
Adornèd rest, with golden scutcheons :
Garnish't with curious worke of Dedal hands.
   Lowd at his base the swelling Thamis falls,
   And sliding downe along those stately halls,
Doth that chiefe Citie wash, and fence with liquid
   walls.

32.

Here all the States in full assembly meet,
And every order rank't in fit array,
Cloth'd with rich robes fill up the crowded street.
Next 'fore the king his heier leades the way,
Glitt'ring with gemmes and royall coronet :

---

1 = behead. G.   2 As before, 'grandees' G.

So golden Phosphor ushers in the day :
   And all the while the trumpets triumphs sound,
   And all the while the peoples' votes resound :
Their shoutes and tramplings shake the ayre and
     dauncing ground.

33.

There in Astrea's ballaunce doe they weigh
The right and wrong, reward and punishment :
And rigour with soft equitie allay,
Curbe lawles lust, and stablish government ;
There Rome it selfe, and us they dare affray
With bloody lawes and threatnings violent :
   Hence all our suff'rings, torments exquisite,
   Varied in thousand formes,[1] appli'de to fright
The harmeles yet—alas !—and spotles Iesuite,

34.

But cellars large, and cavernes vaulted deep,
With bending arches borne and columnes strong,
Vnder that stately building slyly creep :
Here Bacchus lyes, conceal'd from Iuno's wrong,

---

1 The printed lies concerning the torments of their
Romane martyrs which I sawe in the study of the learned
knight Sir Thomas Hutchinson, priviledged by the Pope,
are for their monstrous impudency incredible. F.

Whom these cold vaults from hot-breath'd ayers
        keep.
In place of those wee'l other barrels throng,
    Stuf't with those firy sands, and black dry
        mould,
    Which from blue Phlegetons[1] shores that frier
        bold
Stole with dire hand, and yet Hell's force and col-
        our hold.

35.

And when with numbers just the House gins swell,
And every State hath fill'd his station,
When now the king mounted on lofty sell[2]
With honyed speech and comb'd[3] oration
Charm's every care, midst of that sugred spell
I'le teare the walls, blowe up the nation,
    Bullet to heaven the stones with thunders loud,
    Equall[4] to th' earth the courts and turrets proud,
And fire the shaking towne and quench't with
        royall blood.

---

1 'Phlegethon' : a river of the lower world : Virgil,
Æneid vi. 265, 550. G.

2 'Saddle' or seat. G.

3 'Smooth.' G.   4 'level.' G.

36.

Oh : how my dauncing heart leapes in my breast
But to fore-thinke that noble tragedie !
I thirst, I long for that blood-royall feast.
See where their lawes, see, Holy Father, see
Where lawes and makers, and above the rest
Kings marshal'd in due place, through th' ayer flee :
    There goes the heart, there th' head, there
        sindgèd bones :
    Heark, Father, heark : hear'st not those musicke
        tones ?
Some rore, some houle, some shriek : Earth, Hell
    and ayer grones.

37.

Thus sang, and downe he sat; while all the quire
Attune their ecchoing voices to his layes :
Some Iesuite pietie, and zealous fire,
Some his deep reaching wit and judgement praise :
And all the plot commend, and all admire,
But most great Paul himselfe : awhile he stayes,
    Then suddaine rising, with embraces long
    He hugges his sonne, while yet the passion
        strong,
Wanting due vent, makes teares his words, and
    eyes, his tongue.

38.

At length the heart too full his joy dispers't,
Which mounting on the tongue, thus overflowes :
You Romane saints to whose deare reliques herst
In golden shrines, every true Catholike bowes ;
And thou of lesser gods the best and first,
Great English Thomas[1] ushering our vowes,
    Who giv'st Heaven by thy blood, and precious
        merit,
    I see we still your love and helpe inherit,
Who in our need rayse up so true a Romane Spirit.

39.

What meed—my sonne—can Christ or he above,
Or I beneath, to thy deservings weigh ?
What Heaven can recompense thy pious love ?
In Lateran Church thy statute crown'd with bay
In gold shall mounted stand next highest Iove :
To thee wee'l humbly kneele, and vowe, and pray :
    Haile Rome's great patron, ease our restles cares,
    Possesse thy Heaven, and prosper our affayres,
Even now inure thine eare to our religious prayers.

40.

So up they rose, as full of hope, as spight,
And every one his charge with care applies.

---

1 Thomas Becket. F.

Equivocus with heart and pinions light
Downe posting to th' infernall shadowes flies;
Fills them with joyes,—such joyes as sonnes of
    night
Enjoy, such as from sinne and mischeife rise.
  With all they envy, greive, and inly grone
  To see themselves out-sinn'd: and every one
Wish't he the Iesuit were, and that dire plot his
    owne.

Canto V.

1.

ROOKE, as a wayward child would some-
        thing have,
    Yet flings away, wralls,[1] spurns, his
      nurse abuses:
So froward man, what most his longings crave,
—Likenes to God—profer'd by God refuses.
But will be rather Sinne's base drudge and slave.
The shade[2] by Satan promis'd greed'ly chuses,
    And with it death and Hell. Oh wretched state,
    Where not the eyes but feete direct the gate!
So misse what most we wish, and have what most
        we hate.

2.

Thus will this Man of Sinne be like to Christ,
A king, yet not in Heaven, but Earth that raignes;
That murthers, saves not Christians: th' highest
        preist,

---

1 'Wawl' or bawl' G.   2 'shadow.' G.

Yet not to wait his course,—that he disdaines—
But to advaunce aloft his mitred crest ;
That Christ Himselfe may wait upon his traynes.
  Straunge Priest, oft Heaven he sells but never
    buyes :
  Straunge Doctor, hating truth, enforcing lyes :
Thus Satan is indeed, and Christ by contraryes.

3.

And such his ministers all glist'ring bright
In night and shades, and yet but rotten wood,
And fleshly devils : such this Iesuite,
Who—Loiol's ensigne[1]—thirsts for English blood,
He culs choice soules—soules vow'd to th' prince
    of night,
And priest of Rome—sweares them—an English
    brood,
  But hatch't in Rome for Spaine—close to con-
    ceale,
  And execute what he should then reveale :
Binds them to Hell in sin, and makes Heaven's
    Lord the seale.

---

1 Loyola's flag-bearer.   G.

4.

Now are they met; this arm'd with a spade,
That with a mattocke, voide of shame and feare:
The Earth—their grandame Earth—they fierce invade,
    invade,
And all her bowels search, and rent and teare,
Then by her ruines flesh't, much bolder made,
They ply their worke; and now neere Hell, they
    heare
  Soft voices, murmurs, doubtfull whisperings:
  The fearfull conscience prick't with guilty stings,
A thousand hellish formes unto their fancy brings.

5.

This like a statue stands: cold fright congeales
His marble limbes; to th' Earth another falling,
Creeping behind a barrell, softly steales:
A third into an empty hogshead cralling.
Locks up his eyes, drawes in his stragling heeles:
A fourth, in vaine for succour loudly calling,
  Flies through the aire as swift as gliding starre;
  Pale, ghastly, like infernall sprites afarre
Each to his fellow seemes: and so, or worse they
    are.

6.

So when in Sleep's soft grave dead senses rest,
An earthly vapour clamb'ring up the braine

Brings iu a meagre ghost, whose launchèd brest
Showers downe his naked corps a bloody raine :
A dull blue-burning torch about his crest
He ghastly waves ; halfe dead with frightfull paine
   The leaden foot faine would, but cannot fly ;
   The gaping mouth faine would, but cannot cry :
And now awake still dreames, nor trusts his open
      eye :[1]

7.

At length those streames of life, which ebbing low
Were all retir'd into the frighted heart
Backe to their wonted chanels gan to flow :
So peeping out, yet trembling every part,
And list'ning now with better heed, they know
Those next adjoyning roomes hollow'd by art,
   To lie for cellerage : which glad they hire,
   And cramme with powder and unkindled fire :
Slacke aged Time with plaints and praires they
      daily tire.

8.

Slow Time, which every houre grows't old and
      young,
Which every minute dy'st, and liv'st againe ;

---

1 This stanza, with others of the ' Apollyonists, ' might
take a place in Thomson's ' Castle of Indolence.'   G.

Which mak'st the strong man weak, the weak man
    strong :
Sad Time, which fly'st in joy, but creep'st in
    paine,
Thy steppes uneven are still too short or long :
Devouring Time, who bear'st a fruitfull traine,
    And eat'st what er'e thou bear'st—why dost not
    flee ?
    Why do'st not post to view a Tragedie,
Which never Time yet saw, which never Time
    shall see ?

9.

Among them all none so impatient
Of stay, as firy Faux, whose grisly feature
Adorn'd with colours of Hell's regiment
—Soot black and fiery red—betrayd his nature.
His frighted mother, when her time shee went,
Oft dream't she bore a straunge and monstrous
    creature,
    A brand of Hell sweltring in fire and smoke,
    Who all, and's mother's selfe would burne and
    choke.
So dream't she in her sleep, so found she when she
    woke.

10.

Rome was his nurse, and Spaine his tutour: she
With wolvish milk flesh't him in deadly lyes,

In hate of Truth, and stubborn Errour: he
Fats him with humane blood, inures his eyes
Dash't braines, torne guts, and trembling hearts
    to see,
And tun'de his eare with grones and shrieking cryes.
  Thus nurst, bred, growne a canniball, now prest
  To be the leader of this troup, he blest
His bloody maw with thought of such a royall feast.

11.

Meane time the Eye which needs no light to see,
That wakefull Eye, which never winks or sleepes,
That purest Eye, which hates iniquitie,
That carefull Eye, which safe His Israel keepes,
From which no word or thought can hidden bee,
Look's from His Heaven, and piercing through the
    deepes,
  With hate and scorne viewes the dire Iesuite
  Weary his hand and quintessentiall wit,
To weave himselfe a snare and dig himselfe a pit

12.

That mounting eagle, which beneath His throne
His saphire throne—fixèd on chrystall base,
Broadly dispreds his heaven-wide pineon
On whome, when sinfull Earth he strikes with
    'maze,

He wide displayes his black pavilion,
And thundring, fires high towres with flashing
     blaze :
  Darke waters draw their sable curtaines o're him,
  With flaming wings the burning angels shore[1]
     him,
The cloudes and guilty heavens, for feare fly fast
     before him :

13.

That mounting eagle forth he suddaine calls,
Fly, winged herald, to that Citie fly,
Whose towres, My love, truth, wisdome builds
     and walls :
There to the Councell this foule plot descry :
And while thy doubtfull writ their wit appalls,
That great Peace-maker's sense I'le open, I
  Will cleere his mind, and plaine those ridling[2]
     folds.
  So said, so done : no place or time with-holds
His constant course, the towne he thinks, he sees,
     and holds.

14.

There in another shape to that wise peer
—That wisest peer—he gives a darksome spell :

---

1 'Support' G.   2 'Riddles=puzzling' G.

He was the State's treasure, and treasurer,
Spaine's feare, but England's earthly oracle;
He patron to my mother Cambridge, where
Thonsand sweet Muses, thousand Graces, dwell:
 But neither hee, nor humane wit could find
 The riddle's sense, till that learn'd royall mind,
Lighted from heaven, soone the knot and plot, un-
 twin'd.[1]

15.

And now the fatall morne approachèd neare;
The sunne, and every starre had quench't their
 light,
Loathing so blacke a deed: the Articke Beare
Enjoyn'd to stay, trembling at such a sight,
Though drench't in ayrie seas yet wink't for feare.
But hellish Faux laught at blinde Heaven's
 affright.
 What! such a deed not seen? in vaine—saith
 he—
You drowne your lights: if Heaven envious be
I'le bring Hell-fires for light, that all the world
 may see.

---

1 King James I. G.

K

16.

So entring in, reviewes th' infernall mines ;
Marshals his casks anew, and ord'ring right
The tragicke scene, his hellish worke refines :
And now return'd, booted, and drest for flight,
A watchfull swaine the miner undermines,
Holds, binds, brings out the Plot to view the light ;
   The world amaz'd, Hel yawn'd, Earth gap't, Heaven star'd,
   Rome howl'd to see long hopes so sudden mar'd
The net was set, the fowle escap't, the fowler snar'd.

17.

Oh ! thou Great Shepheard, Earth's, Heaven's Soueraigne,
Whom we Thy pasture-sheep admire, adore ;
See all Thy flocks prostrate on Britaine plaine,
Pluck't from the slaughter ; fill their mouths with store
Of incen'st praise : oh ! see, see, every swaine,
'Maz'd with Thy workes ; much 'maz'd but ravish't more :
   Powre out their hearts Thy glorious name to raise ;
   Fire Thou our zealous lippes with thakfull laies ;
Make this sav'd Isle to burne in love, to smoke in praise.

18.

Teach me Thy groome, here dull'd in fenny mire,
In these sweet layès : oh teach me beare a part.
Oh ! Thou dread Spirit shed Thy heavenly fire,
Thy holy flame into this frozen heart :
Teach Thou my creeping Muse to Heaven aspire,
Learne my rude brest, learne me that sacred art,
    Which once Thou taught'st Thy Israel's shep-
        heard-king :
    O raise my soft veine to high thundering :
Tune Thou my lofty song, Thy glory would I sing.

19.

Thou liv'dst before, beyond, without all Time ;
Art held in none, yet fillest every place :
Ah ! how—alas !—how then shall mortall slime
With sinfull eyes view that eternall space,
Or comprehend Thy name in measur'd rime ?
To see forth-right, the eie was set i' th' face,
    Hence, infinite to come, I wel descry,
    Past infinite no creature sees with eie :
Onely th' Eternall's Selfe measures Eternitie.

20.

And yet by Thee, to Thee all live and move ;
Thou without place or Time giv'st times and
        places :

The Heavens—Thy throne—Thou liftest all above,
Which folded in their mixt but pure embraces
Teach us in their conjunctions, chastest love :
Next to the Earth the moone performes her races ;
  Then Mercury ; beyond, the Phosphor bright :
  These with their friendly heat and kindly might,
Warme pallid Cynthia's cold, and draine her watry
    light.

21.

Farre Thou remoov'st slow Saturn's frosty drythe[1]
And thaw'st his yee with Mars, his flaming ire :
Betwixt them Iove, by Thy appointment fly'th ;
Who part's and temper's well, his sonne and sire :
His moist flames dull the edge of Saturne's sithe,
And ayry moisture softens Mars, his fire :
  The heart of Heaven midst of Heaven's bodie
    rides,
  From whose full sea of light and springing tides
The lesser streames of light fill up their empty
    sides.

22.

The virgin Earth all in her green-silken weed
—Embroyder'd fayre with thousand flowres—
    arrayd :

---

1 Drought.   G.

Whose wombe untill'd knew yet nor plough nor
    seed,
Nor midwifry of man, nor Heaven's ayd,
Amaz'd to see her num'ious virgin breed,
Her fruit even fruitfull, yet her selfe a mayd :
    The Earth of all the low'st yet middle lies ;
    Nor sinks, though loosely hang'd in liquid skies :
For rising were her fall : and falling were her rise.

23.

Next Earth the Sea, a testy neighbour raves,
Which casting mounts and many a churlish hill,
Discharges 'gainst her walles his thundring waves,
Which all the shores with noyse and tumult fill :
But all in vaine : Thou beat'st downe all his braves :
When thee he heares commanding, Peace be still,
    Downe straight he lowly falls, disbands his
        traynes,
    Sinks in himselfe and all his mountaines playnes :
Soft peace in all his shores, and quiet stilnes
        raygnes.

24.

Thou mad'st the circling ayre aloft to fly,
And all this Round infold at thy command :
So thinne, it never could be seen with eye,
So grosse, it may be felt with every hand.

Next to the hornèd moon and neighbour sky,
The fire Thou highest bad'st, but farthest stand.
  Straungely Thou temper'st their adverse affection:
  Though still they hate and fight, by Thy direction
Their strife maintaines their owne, and all the
    world's perfection,

25.

For Earth's cold arme cold Winter friendly holds;
But with his dry the other's wet defies:
The ayer's warmth detests the water's colds;
But both a common moisture joyntly ties:
Warme ayre with mutuall love hot fire infolds;
As moist, his drythe[1] abhorres: dry the Earth
    allies
  To fire, but heats with cold new warres adddresse:
  Thus by their peacefull fight, and fighting peace
All creatures grow and dye, and dying still increase.

26.

Above them all Thou sit'st Who gav'st all being,
All every where, in all, and over all:
Thou their great Vmpire, all their strife agreeing,
Bend'st their stiffe natures to Thy soveraigne call:

---

1 Drought, as before.   G.

Thine eye their law: their steppes by over-seeing
Thou overrul'st and keep'st from slipp'ry fall.
  Oh! if Thy steady hand should not maintaine
  What first it made, all straight would fall
    againe,
And nothing of this All, save Nothing would
    remaine :

27.

Thou bid'st the sunne piece out the ling'ring day,
Glitt'ring in golden fleece: the lovely Spring
Comes dancing on ; the primrose strewes her way,
And satten violet: lambes wantoning
Bound o're the hillocks in their sportfull play :
The wood-musicians chant and cheerely sing ;
  The world seemes new, yet old by youth's
    accruing.
  Ah! wretched men, so wretched world pursuing,
Which still growes worse with age, and older by
    renning.

28.

At Thy command th' Earth travailes of her fruit ;
The sunne yeelds longer labour, shorter sleep ;
Out-runnes the Lyon in his hot pursuit ;
Then of the golden crab learnes backe to creep :
Thou Autumn bid'st—drest in straw-yellow suit—

To presse, tunne, hide his grapes in cellars deep:
  Thou cloth'st the Earth with freez instead of
    grasse,
  While keen-breath'd Winter steeles her furrow'd
    face,
And vials[1] rivers up, and seas, in chrystall glasse.

29.

What, but Thy love and Thou, which feele no
    change?
Seas fill and want: their waters fall and grow;
The windy aire each houre can wildly range;
Earth lives and dies; Heaven's lights can ebbe and
    flow:
Thy Spowse her selfe, while yet a pilgrim strange,
Treading this weary world—like Cynthia's bow—
  Now full of glorious beames, and sparkling
    light:
  Then soon oppos'd, eclips't with earthly spight
Seemes drown'd in sable clouds, buried in endles
    night.

30.

See, Lord, ah! see Thy rancorous enemies

---

1 As in 'glass' vials and bottles.　G.

Blowne up with envious spight, but more with
    hate,
Like boisterous windes, and seas high-working, rise:
So earthly fires, wrapt up in watry night,
With dire approach invade the glistring skies.
And bid the sunne put out his sparkling light ;
    See Lord, unles Thy right hand even steares,
    Oh ! if Thou anchour not these threatning feares,
Thy Ark will sayle as deepe in blood, as now in
    teares.

31.

That cursed Beast—which with thy princely hornes
With all Thy stiles and high prerogatives,
His carrion cor's[1] and serpent's head adornes—
His croaking frogges to every quarter drives :
See how the key of that deep pit he tournes.
And cluck's[2] his Locusts from their smoky hives :
    See how they rise, and with their numerous
        swarmes
    Filling the world with frogges and fierce alarmes,
Bury the Earth with bloodles corps, and bloody
    armes.

---

1 Contraction for ‘ corps ’ or ‘ corpse ’.   G.
2 The call of the hen to her chickens.   G.

32.

The bastard sonne of that old Dragon—red
With blood of saints—and all his petty States:
That triple monster, Geryon,[1] who bred
Nurs't, flesht in blood, Thy servants deadly hates,
And that seducèd Prince who hath his head,
Eyes, eares and tongue all in the Iesuite pates;
    All these and hundred kings, and nations, drunk
    With whorish cup of that dire witch and punk,[2]
Have sworne to see Thy Church in death for ever
    sunk.

33.

Now from those Hel-hounds turne Thy glorious
        eyes;
See, see Thy fainting Spouse swimme, sinke in
    teares:
Heare Lord! oh! heare her grones and shricking
    cries:
Those eyes long wait for Thee: Lord to thine cares
She brings heart, lips, a turtle sacrifice.
Thy cursed foe that pro-Christ trophies reares:

---

1 A fabulous king of Hesperia, having three heads.
Apollod. ii. 5 § 10.   G.
    2 Prostitute.   G.

How long—just Lord—how long wilt thou
    delay
That drunken whore with blood and fire to pay?
Thy saints, Thy truth, Thy name's blasphemed :
    how canst Thou stay?

34.

Oh ! is not this the time, when mounted high
Vpon Thy Pegasus of heavenly breed,
With bloody armes, white armies, flaming eye,
Thou vow'st in blood to swimme Thy snowy steed ;
And staine Thy bridle with a purple dye ?[1]
This, this Thy time : come then, oh ! come with
    speed,
  Such as Thy Israel saw thee, when the maine
  Pil'd up his waves on heapes : the liquid plaine
Ran up, and with his hill safe wall'd that wan-
    dring traine.

35.

Such as we saw Thee late, when Spanish braves
—Preventing[2] fight with printed victorie—
Full fraught with brands, whips, gyves for English
    slaves,[3]

---

1 Revel. xix., 11—14, and xiv., 20.   F.
2 Anticipation.   G.
3 That is, Englishmen intended to be made 'slaves.'   G.

Blest by their lord God Pope, Thine enemie,

Turn'd seas to woods; Thou arm'd with fires,
        winds, waves,

Frownd'st on their pride: they feare, they faint,
        they fly:

  Some sink in drinking seas or drunken sand,

  Some yeeld, some dash on rocks: the Spanish
        Grand[1]

Banquets the fish in seas, or foules and dogs on
        land.[2]

36.

Oh! when wilt Thou unlock the seelèd eyes

Of those ten hornes, and kings, which with the
        Beast

—Yet by Thy hand—'gan first to swell and rise?

How long shall they—charm'd with her drunken
        feast—

Give her their crownes? Bewitch't with painted
        lies,

They dreame Thy spirit breathes from her sug'red
        breast

Thy sun burnes with her eye-reflected beames,

---

1 Grandee, as before. G.
2 Armada of 1588. G.

From her life, light, all grace and glory streames.
Wake these enchaunted sleepes, shake out these
    hellish dreames.

37.

Wake lesser Gods, you sacred deputies
Of Heaven's king, awake : see, see the light
Bares that foule Whore, dispells her sorceries,
Blanch't skin, dead lippes, sowre breath, splay
    foot, owl-sight.[1]
Ah ! can you dote on such deformities ?
While you will serve in crownes, and beg your
    right,
    Pray, give, fill up her never-fill'd desire,
    You her white sonnes: else knives, dags[2], death
    your hire.
Scorne this base yoke: strip, eat, and burne her
    flesh in fire.[3]

---

1 **Cf.** Sir William Leighton in his ' Vertue Trivm-
phant' (1603) – of which more in our Introductory Note
to The Purple Island—as follows :—
    ' Thus hath my lowly and submissive muse
    With her dimme osprey eyes dar'd to beholde
    The sunne of maiestie ' : (st. 220.)
2 Pistols, as before. **G.**
3 Revel. xvii., 12—13, 16. **F.**

38.

But thou, greate Prince, iu whose successefull
    raigne,
The Britanes 'gin renue their martiall fame,
Our soveraigne Lord, our joy more soveraigne,
Our onely Charles[1] under whose ominous name
Rome wounded first, still pines in ling'ring paine;
Thou who hast seen, and loath'd Rome's whorish
    shame,
    Rouse those brave sparkes which in thy bosome
    swell,
    Cast downe this second Lucifer to Hell :
So shalt thou all thy sires, so shalt thy selfe excell.

39.

'Tis not in vaine, that Christ hath girt thy head
With three fayre, peacefull crownes; 'tis not in
    vaine,
That in thy realmes such spirits are dayly bred,
Which thirst, and long to tug with Rome and
    Spaine :
The royall sire to kings this lecture red ;
This, this deserv'd his pen, and learnèd veine :

---

1 Charles I ? 'ominous' so-far held of James (Jacobus
= Jacob) but how to Charles.　G.

Here noble Charles, enter thy chevalric :
The eagle scornes at lesser game to flie :
Onely this Warre's a match worthy thy realmes
    and thee.

40.

Ah ! happy man that lives to see that day !
Ah ! happy man, who in that warre shall bleed !
Happy who beares the standard in that fray !
Happy who quells that rising Babel seed !
Thrice happy who that Whore shall doubly pay ;
This—royal Charles—this be thy happy meed.
    Mayst thou that triple diademe trample downe,
    Thus shall thy name in Earth and Heaven
        renowne,
And add to these three here, there a thrice triple
    crowne.

Appendix.

NOTE A, VOL. I., PAGE CCCVI.

Sterling's translation from the ‘ Locustæ. ’

I TAKE this spirited if somewhat paraphrastic translation
from the following Volume : “ Miscellaneous Poems,
Original and Translated by several hands, viz., Dean
Swift, Mr. Parnel, Dr. Delany, Mr. Brown, Mr. Ward,
Mr. Sterling, Mr. Concawen and others. Published by
Mr. Concawen. 1724. ”

“ Expanded now the Stygian portal lay,
And wid'ning gates the gloomy courts display ;
Th’ infernal monarch, thro’ the black abodes,
Summon’d his curs’d Divan of dreary gods :
The dusky host to horrid counsel fly,
And wing incumbent on the burden’d sky :
All, justly rang’d, yell’d for the dire debate,
And the dome shook beneath th’ unhallowed weight,
Raised on his throne, exalted o’er the rest,
Th’mperial Fiend th’ assembled fiends address’d :
Ye outcast wretched crew, abhorr’d of Heav’n,
And hither by vindictive thunders driv’n,
Are thus, still thus, inglorious dastard herd,

L

The great behests of Lucifer rever'd ?
By Hell your vengeance sleeps, supine you lie,
Nor dare conspire 'gainst yon' forbidden Sky :
See how above they smile in halcyon peace,
Polemick wars, and pulpit tumults cease :
See where abash'd pale Superstition flies,
And Error, chac'd thro' all its mazes, dies;
Their idle rage, the baffled Furies mourn,
And all our Envoys, with disgrace, return :
Each missionary-Dæmon loud complains,
And fell Erynnis shakes her useless chains ;
Uproar triumphant, fills the States below,
And swells the Horrors of infernal woe :
Machining Hell can't fix one Nation's doom,
Nor Spain's Armadas, with the wiles of Rome :
Truth and Religion ! how the Monsters rise !
Advance on Earth, and gain upon the Skies !
Confirm'd by blood, the Reformation stands,
And spreads its poyson to remotest Lands ;
Fresh proselytes the hostile preachers gain,
And, by example, all they get maintain ;
Thro' those rude climes, where Gospel-Light ne'er shone
Where I, the Prince of Darkness, fix'd my Throne
Now wav'd aloft, the Christian banners soar,
And the New World the martyr'd God adore :
Uncircumscrib'd they urge their boundless way,
And next e'en Hell their doctrine must obey :
Perhaps e'en now our confines it invades,
And would include the Empire of the Shades :

Yes, we are envy'd one sad only stake,
The liquid sulphur of the Burning Lake ;

New hells must be explor'd (one kingdom lost)
And new Cocytus, and Tartarean coast.

CAN YOU, DEGENERATE SOULS, INACTIVE LIE,
YOU, WHO HAVE SHOOK THE EMPIRE OF THE SKY?
CAN YOU, WHO GRASPED AT HEAVEN, AND GREATLY FELL
FROM SLAVES ABOVE, TO REIGN SUPREME IN HELL?
WHO FAC'D THE THUNDER IN A BURNING SHOW'R,
AND FOUGHT INTREPID 'GAINST THE ALMIGHTY POW'R;
Can you, thus lame, behold your abject fate,
Nor prop the ruins of our falling State?
Exalted spirits, unconcern'd behold
Their pow'r by man, by earth-born man control'd.
Ætherial beings own a mortal sway,
Aw'd by an emmet of material clay?
But you, perhaps, forget your ancient feud,
And, pious slaves, degen'rate into good!
Best seek those honours you enjoy'd before,
Suppliant with pray'rs, the Thunderer adore:
Perhaps you'll shine with cherubims again,
And Heav'n relenting, break the eternal chain;
Once more with flaming ministers enroll'd,
The effulgence of Divinity behold.
But could Repentance deprecate my crime,
Or were my tortures limited by time;
And tho' by base submission it were giv'n,
Once more to gain yon' abdicated Heav'n;
Rather than fawn, or sinke so meanly low,
I'll howl amidst infinity of woe.
Once more to gain yon' abdicated heav'n;
That easy God I'd scorn, whom now I hate,
If He had punish'd with a milder fate:

FOR YON' BRIGHT THRONE DID MY REVOLT BEGIN,
AND LESS THAN HELL'S UNWORTHY OF THE SIN:
VICTORIOUS YET—IN MY UNCONQUER'D WILL,
WERE POW'R BUT MINE, I WOULD DEFY HIM STILL,
CONFOUND YON' ENVY'D HEAVEN WITH VAST ALARMS,
AND ROUZE CONTENDING SERAPHIMS TO ARMS,
ONCE MORE WITH BRAVE CONFED'RATE DÆMONS RISE,
AND GRAPPLE WITH THE TYRANT OF THE SKIES.

If yet your thoughts with gen'rous Vengeance glow,
By Shame reproach'd to fear so weak a foe ;
If yet with noble indignation fir'd,
Anxious for Hell, with burning rage inspir'd ;
Awake, arise, be glorious mischiefs hurl'd ;
And multiply damnation thro' the world.
Lo ! I conjure you by yon 'boiling flood,
By those great Pow'rs inflexible to good,
By conqu'ring Heav'n, by your immortal Hate,
Behold with pity our declining State ;
Turgid with ills, let your resentment rise,
And scatter hell-born plagues thro' earth and skies ;
Vengeance shall urge your bolder souls to dare,
Or stratagem assist clandestine War.
Look round, behold one solitary reign,
A nook scarce peopled thro' yon' spacious plain ;
Think how we must, if thus our tribute cease,
We must, if thus the subject-damn'd decrease,
Still unrevenged in living burnings dwell,
Or, what galls more, alone, in vacant Hell.
O ! were your souls, like mine, unconquer'd still,
You'd rise in hate, and persevere in ill :
Yes, I've a mind with godlike strength endu'd,

Not quell'd by Danger, nor by Pain subdu'd;
And shall I now, Oh shame! behold you yield
Meek, and resign the long contended field?
It looks as Hell, barren of wiles was grown,
And wanted mischiefs to support our Throne:
Ev'n simple Indians shall disdain our yoke,
Nor more with human blood our altars smoak;
Not thus you shrunk, when in my cause engag'd,
Tho' all the thunders of the Almighty rag'd;
Tho' press'd with guilt, you charg'd with impious might
And with archangels joined unequal fight.
Yes, Lucifer, thy ev'ry subject boasts
He fought the armies of the Lord of Hosts.
In vain—since all to man's presumptuous sway,
What once to Heav'n they scorn'd, submission pay—
Could we behold the seeds of matter jarr,
And the world feel an elemental war!
Could we once hope an all-destroying fire
Could being in a gen'ral blaze expire!
Would motion stagnate! or the potent flame
Convert into itself this mighty Frame!
Then patient might we wait the ruin'd all,
And we and Pain extinct, with Nature fall!
T'were mean, Revenge so short-liv'd to attend,
If we and entity so soon should end:
He, the great King, all-teeming Nature's God,
Serene, secure, omnipotently proud,
The spring of being, the Creation's soul,
That works yon' vast machine, and moves the whole:
That awful Pow'r Who rules the starry way
Whom circling orbs of floating light obey,

Shines forth enthron'd, where lambent glories stream,
And shouting angels hail the King supreme.
He, 'bove all danger, self-subsistent reigns,
And in Himself the sway of worlds maintains ;
Him, him, alass ! too fatally we found,
No darts could reach, nor leaguing devils wound :
But yet in man, in man, His darling care,
Yes, we shall find Him vulnerable there ;
O glorious thought ! thither your vengeance turn,
And let a God, in human suff'rings, mourn ;
Haste, while you may, while Fate is in your pow'r,
To arms, to arms, and snatch the smiling hour ;
For soon shall the detested period come,
The World's catastrophe, and Nature's doom,
When all our foes shall cast their crust of clay
To bask in regions of eternal Day ;
Flush'd with immortal bloom and young delight,
To shine all glorify'd in seas of light ;
To reap those crowns unfading joys attend,
Joys without bound, and raptures without end ;
While we accurst, in regions of despair,
MUST DIREFUL ROUNDS OF CIRCLING TORMENTS BEAR ;
Still last for Hell, immortalized for pain,
And bound in darkness, drag the Saviour's chain ;
Here the rack'd soul for ever shall deplore
Forbidden Death, and groan to be no more ;
In blewest flames of molten oceans tost,
Where Life and Death have all distinction lost,
Continued Plagues alternate Fate supply,
Dying, alass ! we live, and living, dye :
Back on themselves revolving years shall run,

And start to see again their course begun ;
Ten thousand ages past, the restless mind
Still sees Eternity's dark gulph behind.
(Time, in a chaos of duration drown'd
Like undetermin'd space, admits no bound)
What tho' each grain that paves the pebbled shore,
Tho' ev'ry twinkling star be number'd oe'r ;
Still shall the vain, the length'ning labour last,
Nor the great Future lessen by the Past—
Lo! now we plunge in flames, thro' fires we rove,
The sad vicissitude of tortures prove ;
And wing'd with rage, thro' Hell's unnumber'd store,
The baleful magazines of Pain explore :
In vain—hard fate preserves this hated breath,
And locks each friendly avenue to death ;
God cannot cease, nor Heav'n, absurdly kind,
Destroy the essence of th' eternal mind ;
Too long, O Hell, in bootless wiles you toil'd,
Your sons discourag'd and your patriots foil'd ;
Arts ineffectual, and abortive schemes,
Shew now we'er fool'd in search of golden dreames :
Vengeance remote, on airy pinions flew,
We lag behind, or empty shades pursue :
The paths you'd shun, by adverse fate, you trod,
And acted still subordinate to God—
No more the fat-swoln monk must be employ'd,
Too long we've been with holy garbage cloy'd ;
Supremely wicked, in the cloyster bold,
Firm to our cause in will, in action cold.
When o'er the world triumphant darkness spread,
And Superstition rais'd its sickly head ;

When sainted cut-throats were invok'd by pray'r,
And thickest Night involv'd the lazy air;
In private cells, when banish'd Learning groan'd
And fryars acted what the Goths disown'd;
When slavish minds, with holy fetters bound,
In mists of grossest ignorance were drown'd:
Our dictates then such tools might well dispense
Where easy Faith prevailed 'er certain Sense;
Then juggling priestcraft gull'd the slavish crowd,
And to more gods than Egypt knew, they bow'd:
Their pardons, relicks, dispensations sold,
Learn'd but in cheats, they barter'd Heav'n for gold:
By me inspir'd, their Press with legends groan'd,
And licens'd Lyes, for pious frauds, were own'd;
Then pompous Superstition curs'd the Land,
And Heav'n was worship'd but at second-hand:
But all too gross for this politer age;
With such our honour must no more engage:
Their coarse-spun plots best speak the bungling sect,
Who always butcher when they should dissect.
The world now disabus'd, a dawning ray
Expels the vapour, and reflects the day:
The Jesuits must alone our councils share,
Earth s inmate fiends, our great viceregents there:
No tribe and patron better can agree,
Than Jesuits, match'd, O Lucifer! with thee;
Patient, determined, diligent in ill,
Bold to attempt, and stedfast to fulfil;
They trace events to their remotest springs,
And penetrate the cabinet of kings;
Where'er they probe, th' unguarded minute find,

Nor fail t'unlock the subtle statesman s mind.
Wou'd you set Nature in a blaze—command—
And see at once they toss the kindling brand ;
Aw'd by no danger, by no fear possest,
Not racks extort the secret from their breast ;
Learning's deep maze through ev'ry branch they scan,
Mature in books and exercised in man :
Fertile in fraud, on mischief they refine,
A kingdom's fall swells in each vast design ;
To act before temptation , they proceed
AND HELL IS BUT SPECTATOR OF THE DEED :
Lo ! there a holy ruffian stands prepar'd,
And dauntless, stabs a monarch 'midst his guard ;
While here an emperor in anguish groans,
(Ev'n Hell all share of the damn'd fact disowns) *
See at the altar, writh'd in pain, he lies ;
He kneels, devours his poyson'd God, and dies.
Be such, your mighty ministers, employ'd,
Nor Satan's kingdom shall be yet destroy'd ;
By those we yet may shake the Tyrant's throne,
At least confirm the subject Earth our own ;
The glorious scene with ills important fraught,
Dawns on my mind, and opens to my thought.
Now if your animated courage dare
Tempt the known dangers of invasive war,
*Soon your try'd Chief shall shine in arms again,
And rushing legions crowd the ethereal plain :
But if with horror that rash thought confounds,
And recent still you feel the fiery wounds,*
Let each alternate speak, and each impart
The well-weighed dictates of a patriot heart ;

Wiles unexplored before, revenge most fell,
Pregnant with terrors, and mature for Hell.
If by our crime their punishment we rate,
Afflicting Hell appears too mild a fate ;
And 'tis some case, amidst the dreadfull fall,
To think we bravely have deserv'd it all :
Already, Stygian chiefs, you know the worst,
Nor can be more superlatively curs'd :
Nought you've to lose, but may with noble pride
Erect your thrones on earth since heav'ns denied ;
Once more see Vice advance her hydrahead
And thro' the poles your wide dominion spread.
He spoke, and strait a rising murmur ran,
Spread o're the dome, and filled the black divan ;
Marmurs, and half-choak'd words were heard around,
Accents confus'd, and a discordant sound."

NOTE B, VOL. 1., PAGE CCCXV.

' Satan ' in Psyche.

The ' Psyche ' of Dr. JOSEPH BEAUMONT, originally published by himself in 1648 (folio) was posthumously re-
published by his son in 1702 (folio) very much enlarged.
It won the admiration of POPE, who has interwoven in his
own Abelard and Eloisa some of the passionate lines and
epithets and turns of the earlier cantos. I have done
what I suspect few now living have—read the whole
carefully. I have been struck with the singular inequalities

of this extraordinary Poem. There are stanzas on stanzas
that are prosaic in the extreme : but just as you are about
to give up in despair, you are arrested by some powerful
Impersonation or burst of pure melody as of a Nightin-
gale out of its thorn-thicket. His ‘Satan’ is boldly
and grandly conceived and sustained : and the under-
demons. It is very palpable that he had studied THE
LOCUSTÆ and THE APOLLYONISTS and CRASHAW's Sospetto
d'Herode. MILTON must have also in turn read ‘Psyche.’
I have gleaned the main working out of his ‘Satan’:
scattered up and down besides, are many vivid and
memory-haunting lines. The quotations follow in order :

" Substantial Shades, made up of solid hate ;
  Born in the Deep, which knows no bottom, yet
  Vent'ring to block up Heaven's sublimest gate :
    Whilst Belzebub in blackness damn'd to dwell,
    Plots to have all things else as dark as Hell.

For he, the immortal prince of equal spight,
  Abhors all love in every name and kind ;
  But chiefly that which burns with flames as bright
  As his are swarthy, and as endless find
    Their living fuel : These enrage him so,
    That all Hell's Furies must to council go.

For (as the wounded lyon frights his den
  By roaring out his grief ;) his shatter'd heart
  Vomits a hideous groan, which thundring in
  His hollow realm, bellow'd to every part
    The frightful summons : all the Peers below
    Their King's voice by its sovereign stink did know.

Nor dar'd they stay their tails vast volumes to
Abridge into a knot's epitome ;
Or trim their hoofs' foul cleft with iron shoe,
Or their snarl'd snakes confusion unty :
  Only their paws they fill with rage, and bring
  That desperate subsidy to their mad King.

Hell's Court is built deep in a gloomy vale,
High wall'd with strong Damnation, moated round
With flaming Brimstone : full against the Hall
Roars a burnt bridge of brass : the yards abound
  With all invenom'd herbs and trees, more rank
  And fruitless than on Asphaltite's bank.

The Gate, where Fire and Smoke the Porters be,
Stand always ope with gaping greedy jaws.
Hither flock'd all the States of misery ;
As younger snakes, when their old serpent draws
  Them by a summoning hiss, hast down her throat
  Of patent poison their aw'd selves to shoot.

The Hall was roof'd with everlasting Pride,
Deep pavèd with Despair, cheker'd with Spight,
And hangèd round with Torments far and wide :
The front display'd a goodly-dreadful sight,
  Great Satan's arms stamp'd on an iron shield,
  A crown'd Dragon Gules in sable field.

There on's immortal throne of Death they see
Their mounted Lord ; whose left hand proudly held
His Globe, (for all the world he claims to be
His proper realm,) whose bloody right did weild
  His mace, on which ten thousand serpents knit,
  With restless madness gnawed themselves, and it.

His insolent feet all other footstools scorn'd
But what compleatest scorn to them suggested;
This was a Cross; yet not erect, but turn'd
Peevishly down.   The robe which him invested
  In proud embroidery shew'd that envious feat
  By which of Paradise he Man did cheat.

His Diadem was neither brass nor rust,
But monstrous metal of them both begot;
With millions of vilest stones imbost,
Yet precious unto him, since he by that
  Artillery his fatal batteries had
  On heav'n-belovèd Martyrs bodies made.

His awful horns above his crown did rise,
And force his fiends to shrink in theirs: his face
Was triply-plated Impudence: his eyes
Were Hell reflected in a double glass,
  Two comets staring in their bloody stream,
  Two beacons boyling in their pitch and flame.

His mouth in breadth vy'd with his palace gate,
And conquer'd it in soot: his tawny teeth
Were ragged grown by endless gnashing at
The dismall riddle of his living death:
  His grizzly beard a sing'd confession made
  What fiery breath through his black lips did trade.

Which as he op'd, the center, on whose back
His chair of ever-fretting pain was set,
Frighted beside itself began to quake:
Throughout all Hell the barking Hydras shut
  Their awed mouths: the silent peers in fear
  Hung down their tails, and on their Lord did stare.

Three times he shaked his horns : three times his mace
He brandish'd towards Heav'n ; three times he spewd
Fell sulphur upward : which when on his face
It soused back. foul Blasphemy ensu'd,
    So big, so loud, that his huge mouth was split
    To make full passage to his rage, and it.

I yield not yet ; Defiance Heav'n, said he,
And though I cannot reach thee with my fire,
Yet my unconquer'd brain shall able be
To grapple with thee ; nor canst thou be higher
    Than my brave spight : Know, though below I dwell
    Heav'n has no stouter hearts than strut in Hell.

For all Thy vaunting promise to the seed
Of dust-begotten Man, my head is here
Unbroken still : when Thy proud foot did tread
Me down from my own spheres, my forehead there
    Both met and scorn'd the blow : and Thou at first
    (Whate'r thou talk'st to Man) didst do Thy worst.

Courage my Lords : ye are the same who once
Ventur'd on that renown'd design with me
Against the Tyrant call'd Heav'n's righteous Prince.
What though chance stole from us that victory ?
    'Twas the first field we fought ; and He being in
    His own dominion, might more easily win.

How oft have we met Him mid-way since then,
And in th' indifferent world not vainly fought !
Forc'd we Him not to yield all mortal men
At once, but simple eight ? though He'd be thought
    Then to have shown His pow'r, when He was fain
    Basely to drown what He could not maintain.

Poor shift ! yet make the best on't, still the odds
Is ours ; and that our yelling captives feel :
Ours is a fiery deluge but their Gods'
A watery flood :   His scarce had strength to swell
   For some vain months ; ours scorns the bounds of
     age,
   And foams and boils with everlasting rage.

And let it boil, whilst to the endless shame
Of our high-bragging Foe, those pris'ners there
With helpless roars our victory proclaim :
What nobler trophies could we wish to rear !
   Are they not men of the same flesh and blood
   With that frail Christ, Who needs would seem a God?

A pretty God, whom I, sole I, of late
Caus'd to be fairly hang'd.   'Tis true He came
By stealth, and help'd by sly Night, forc'd Hell's gate:
But snatch'd He any captive hence, that Fame
   Might speak Him valiant ?   No, He knew too well
   That I was king, and you the peers of Hell.

Yet to patch up his tatter'd credit, He
Sneak'd through that gulf to barbarous Abraham's den,
Who for his ready inhumanity
Was dubb'd the father of all faithful men.
   Less, less my Pilate, was thy crime ; yet thou
   (O righteous Heav'n !) now yellest here below.

His willing prizes thence he won; (but how
Forlorn a rout, let Lazarus witness be,
Who the late pity of vile dogs, was now

A special saint :) and this vain victory
    Homeward he bore, with banner proudly spread.
    As if with his own blood t'had not been red.

Me thinks I could permit Him to possess
That pilfer'd honor, did He now forbear
My subjects from their loyalty to press,
And lure poor cheated men His yoke to wear,
    But by my wrath I swear I'll make Him know
    That I of earth and air am sovereign too.

Well beat, O my immortal indignation!
Thou nobly swel'st my belking soul : and I
Success's omen feel.   Brave Desperation
Doth sneaking Fear's objections defy :
    Shall we be tamely damn'd and new ones bear,
    Because our wrongs unrevengèd are ?

Was't not enough, against the righteous law
Of Primogeniture, to throw us down
From that bright home, which all the world do's know
Was by most clear inheritance our own :
    But, to our shame, Man, that vile worm must dwell
    In our fair orbs, and Heaven with vermin fill ?

What tricks, charms, promises, and mystic arts,
What blandishments of fainèd fawning things,
He musters up to woo these silly hearts !
Doubtless God-like into the field He brings
    This juggling strength of His artillery :
    Yet, who, forsooth, the tempters are, but we ?"
        [c. i. stanza 6th from line 2nd to stanza 32nd.]

Further :

  " Stand feind, said He ; thy punishment shall be
  Upon this scene of thine own treachery.

Fair hideous Sir, how has your wretched spight
Tore from your memory that deep-writ blow
By which mine and my heavenly brethrens might
You and your fellow-feinds to Hell did throw ?
  Did that fall bruise your heart so little, that
  It, and our victory you have forgot ?

But grant your spight (which as immortal is
As your too-lasting essence) triumphs o'r·
Your mightiest pangs ; grant that your stubborness
Made you delight to earn still more and more
  Extremities of vengeance, and forget
  That bottomless already was your pit.

Was't not enough that in your burning home
Hot blasphemies you day by day did spit
At Heaven and God : but you to Earth must come
And all your trains of sly delusions set
  To ravish His own Spouse, for whose dear sake
  I here his lieger lie the match to make ?

Poor harmless Psyche, how did she offend !
Did she incroach on your black realms below ?
Did she e'r envy Hell to any feind,
Or strive to snatch damnation from you ?
  Sure you have injur'd her, and Phylax too ;
  For she's my charge, and you shall find it so.

With that, he from his angry bosome drew
A golden Banner, in whose stately lap
His Lord's Almighty Name wide open flew,
Of Hell-appalling Majesty made up :
    The feind no sooner Jesus there did read,
    But guilt pull'd down his eyes, and fear his head.

For as the lightning darts on mortal sight
Dazling confusion : so this brighter Name
Flash'd in the Fury's face with killing fright.
Strait Phylax hal'd him pale with dread and shame
    To that inchanted Tree whose conscious shade
    Roof'd the green stage where he the Lover play'd."
                   [c. ii., st. 117—123.]

Again :

    " Thou know'st time was when I and thou, did make
A brave adventure in the face of Heav'n,
When at our courage all the spheres did quake,
And God was to His utmost thunder driven ;
    His throne stood trembling at our rival power,
    And had our foot not slipp'd, all had been our.

But that mishap's too sleight and weak to break
The strength of our immortal pride ; forbid
It all my Hell, that Belzebub should make
Truce with that Tyrant who disinherited
    Him of his starry kingdom: no ; I may
    Perchance be beaten, but will ne'r obey.

I am resolv'd to find Him work as long
As He, and His eternity can last ;

My spirit never must forget that wrong
Which me into His hateful dungeon cast :
  Nor need I fear Him now, since I can be
  But still in Hell, should He still conquer me.

Full well I know His spight : had any place
Been worse than this, He would have damn'd us thither :
Yet he, forsooth, must be the God of grace,
Of pity, and of tenderness the Father :
  And silly men believe Him too ; but we
  More wit have bought than so befool'd to be.

For be He what He will to men ; to us
He is the sworn and everlasting foe,
And is't not just, He who maligns us thus,
Should find that devils are immortal too ?
  I would not wrong Him ; yet mine own must I
  Not clip, to save intire His majesty.

My noble will He never yet subdued,
And I am now too old to learn to bow :
Upon my youth His utmost strength He showed,
Yet tender though I was, Himself doth know
  Ev'n then I yielded not : and shall this fist
  Now brawny grown, the Tyrant not resist.

It must and shall : my confidence beats high ;
For now on evener ground our fight shall be.
He from steep slippery heav'n is come ; and my
Footing on earth as sure as His will be.
  Besides, should we miscarry, we are there
  Nearer our Hell, and no deep fall can fear."

[c. xi., st. 144—150.]

Once more :

  " .... Belzebub, who us'd to have his place
  In all their councels, tardy came that day ;
  His new receivèd wound, and deep disgrace
  Upon his vanquish'd heart with terror lay ;
    Yet loth he was the Highpriest's malice in
    His own dear trade of spight should him outrun.

  He rais'd his head, and wipèd off the gore,
  Three times he sighèd, and three times he shook
  His broken head and horns ; and then he swore
  By his own might and realm, that though the stroke
    Took him at unawares, yet Jesus had
    Howe'r He brav'd it out, no conquest made.

  And, had He been, said he, a generous fo,
  He would have pitch'd the day, and pitch'd the field ;
  With trumpets sound He would have marchèd to
  The fight, and not His sly design conceal'd :
    He would have challeng'd Heav'n and Earth to be
  · Spectators of His noble chevalry.

  But lying to His fellow-thief, that He
  Would meet Him strait in Paradise ; by night
  He hither stole, and by base burglary
  Broke ope my doors : though we with open might
    In our brave battle give Him fairer play,
    Advancing in the face of Heav'n and day.

  'Twas at the best but a surprise, and He
  Can only brag He found me too secure:

A fault, I grant, but such a fault, as ye
Can spy in none but those whose hearts assure
   Them that their strength transcends the orb of fears.
   Let me but know't, and come He when He dares."

                   [c. xv. st. 174—178.]

Again:

" As when the lyon's loos'd to tear his prey,
With furious joy he shakes his dreadful crest,
He mounts his surly tail, and rends his way
Into the theatre: so Satan prest
   Back through the spheres, and thought his shame
      was cheap
   He suffer'd there, since he his end did reap.

For his mad spight's irrefragable pride
Would not permit him mannerly to part :
He neither bow'd nor bent, nor signify'd
The least of thanks for gaining what his heart
   Did most desire : but thought he needed not
   Take other leave, who leave to rage had got.

As down through Heaven he rush'd, he proudly threw
Scorn on the stars which he could not possess ;
Then through the air imperiously he flew,
And by his looks proclaim'd that realm was his ;
   The blackest clouds that floated there made haste
   To clear the way, till blacker He were past.

His swarthy wings lash'd that soft element
With violent speed, and made it roar aloud :

No wind did ever with such furious bent
Or hideous noise, through those mild regions croud ;
   No bolt of thunder ever rent its path
   With such precipitant tumultuous wrath."

[c. xxii. st. 55—58.]

Finally :

" When Satan for his late repulse could find
No comfort in his spightful tyranny
Over his damnèd slaves ; his frightful mind
Boil'd with such hot impatience, that he
   Into the Air's cool region again
   Flung up himself with terrible disdain.

     .   .   .   .   .

Arrivèd at the everlasting gate,
Into th' imperial palace of their king,
The well known Angels in triumphant state
Their entrance made : but Satan's foreign wing
   Shiver'd for fear ; so did the vizard he
   Had clapt upon his guilt's deformity.

     .   .   .   .   .

As Jesus saw the fiend, abashèd so
He charg'd him to confess from whence he came :
Nor durst the thus commanded monster, though
Lyes were his only trade, a fiction frame :
   Yet loth to loose the credit of his pride,
   With doggèd sullenness he thus reply'd.

Me thinks my scepter should as noble be
As ax or mallet ; and as brave my train
Of heav'n-descended sparks, the gallantry
Of whose high souls, did God's own yoke disdain,
   As those who from their dirty fishing boat
   Into the threadbare court of Jesus got.

It cannot be deny'd but mighty I
Had a mischance of old ; and I confess
My foot once slip'd : yet still my majesty
Above Reproach's wretched triumph is.
   My honor suffer'd not in that my loss
   And though I fell, I fell not to a cross !

They use to cast it in our teeth, that we
By blackest powers of spells and incantations
Both founded and advanced our Monarchy :
As if there were not stranger conjurations
   In this besetting witchery, which can
   Make worse than beasts of reasonable man.

For, brutes to brutish can the silliest flock
Afford, who would themselves with Him intrust
Who runs away to Heav'n ; and bids them look
For wrongs and crosses, which indure they must
   For His dear sake ? right dear indeed, if they
   Their lives must to His cruel precept pay.

Strange sheep were they which thus would fooled be,
And for their loyalty to Him alone
Be quite abandon'd, and relinquish'd free
To thousand wolves and bears incursion

Nay sheep would never turn so sheepish ; yet
Men to this paradox themselves submit.

Grant Heav'n be in reversion their own ;
What shall the fondlings gain by dwelling there,
Who must eternally be crouching down,
And paying Praise's tribute to His ear,
   Who will requite them with a chain, which shall
   Bind ev'n their wills in everlasting thrall !

Were not their soules more generous, if they
The gallant freedom of our Hell would choose,
Which scorneth that ignoble word obey,
And lets full blasphemy for ever loose ?
   Faint-hearted fools, who needs will vassals be
   For fear least I should make them truly free."
      [c. xxii. st. 25 and 30, and 37, and 77 to 88.]

Surely it is to be regretted that the Milton-Commentators
should have so neglected if not absolutely overlooked
' Psyche ', with such wealth of illustrative and elucidative
and verbal materials ?

Additional Notes and Illustrations.

Agreeably to my Introduction to " Brittain's Ida " (Vol. I., page 2) I give here such additional Notes and Illustrations on 'The Locustæ' and 'The Apollyonists' as I did not deem it expedient to place in the foot-notes.

With reference to the quotations from Richard Crashaw below, let it be borne in mind, that his Poetry was a generation and a half subsequent to our Fletcher's in publication, and probably forty years later in composition. The ' Apollyonists ' was published in 1627 : the ' Steps to the Temple ' in 1646. I think it will be conceded that in his splendid paraphrase of the first book of ' Sospetto D' Herodo ' Crashaw must have had the ' Locustæ ' and ' Apollyonists ' before him. A critical examination reveals that it is exactly in those supreme touches that have no counterpart in the original of Marino, we most clearly trace — as in Milton — the influence of Phineas Fletcher. The present ' Notes ' supplement our remarks in the Essay on the Poetry of the Two Brothers, following our Memoir. I follow the order of the successive cantos and stanzas of the ' Locustæ ' and ' Apollyonists ' in these Notes and Illustrations.

I. LOCUSTÆ.

1. MURRAY of Eton to whom in the MS, 'Locustæ' is
dedicated, is one of five to whom JOSHUA SYLVESTER
dedicated his "Parliament of Vertues Royall or
Panaretus, wherein we have presented

> A Præsage of Pr. Dolphin:
> A Pourtrait of Pr. Henry;
> A Promise of Pr. Charles."

He is called 'Master Thomas Murray' and is asso-
ciated with Sir Robert Carie, Sir James Fullarton,
Sir Robert Carr and Sir David Foulis. It thus commences: "Grave guides and guards of hopefull
Charles, his Wayn &c." [See Introduction to ' Locustæ' *ante*, pp 5—10]

2. STERLING's 'Paraphrase' of a portion of ' Locustæ '
given in Appendix, Note A, *ante*, represents 'The
'Apollyonists' c. i., 1—39 : but gleans thoughts from
other places also.

3. P. 25, line 10th and p. 54, line 1st, '*Barathrum*'. I
avail myself of the following note from Lieut. Cun-
ningham's 'Massinger' (1868) p. 635 *s.v.* : ' Barathrum
of the shambles' is taken literally from HORACE :

> ' Pernicies et tempestas, barathrumque macelli.'

The word is used by SHIRLEY and others in the classical sense of an abyss or devouring gulf. I have no
doubt that when Meg Merrilees called Dominic Samp-
son "You black *barrowtram* of the kirk ", preparatory
to the order "Gape, sinner and swallow," Sir Walter
Scott was thinking of this word, and not of "the side
of a wheelbarrow ", as interpreted in the Glossary to
the Waverley Novels.'

II. APOLLYONISTS.

1. c. I. st. 1st., line 1st, page 63. "*Of men, nay Beasts :
worse, Monsters : worst of all Incarnate Fiends.*"
This reads like a sarcastic-retributive echo of Father
SOUTHWELL's St. Peter's self-accusing plaint :
" A man ? oh no ! a beast : much worse. What creature?
A rock." (Works by Turnbull (1856) p. 38.) 'St.
Peter's Complaint' was first published in 1595,
and the Fletchers no doubt had read it and the accom-
panying minor pieces.

2. c I. st. 1st., line 2nd., page 63. "*English Italianat.*"
I have illustrated this, *in loco*, from Marvell. Hits at
the Italians were very frequent at this period. I give
two out of a great number :
(1) from CARTWRIGHT's Lines on 'the Death of the
Right Honourable, the Lord Bayning.' He did not
return from his Travels :

> " As some—less man than they go out from hence :
> Who think new air new vices may create
> And stamp sin lawfull in another State ;
> Who make exotick customes native arts,
> *And loose Italian vices English parts :*
> He naturaliz'd perfections only."

[Works (1651) p 304.]

(2) Earlier Bishop HALL in his " Virgidemiarum " or
Satires, has like gibes at Italian virtue, and the corruption of our language with Italian terms : *e.g.* of the
former severely.

> " An English wolf, an Irish toad to see,
> *Were as a chaste man nurs'd in Italy.*"

and of the latter,

> " There, if he can with terms Italianate
> Big-sounding sentences and words of state."
>> [Works by Peter Hall (1839) Vol. xii.,
>> pp 227 and 162.]

3.   c. I. st. 1st., lines 3—5, page 63.   " *Priests-Cannibal,
*Who make their Maker, chewe, grinde, feede, grow fat
with flesh divine.*"   See also c III. line 9th.   With all
one's admiration for our Poet, and all allegiance to
The Reformation, one must regret coarse invective of
this sort.   Pity that our Fletchers here and elsewhere,
had not charity enough to remember the great protest
of St. Thomas Aquinas in his " *Lauda Syon Salvato-
rem* "—of which they might have remembered a
noticeable rendering in SOUTHWELL.   That gentle
martyr for *his* Faith, and sweet Poet, thus repelled
such materialistic caricatures of the awful mystery :

> " None that eateth Him doth *chew Him*,
> None that takes Him doth divide Him,
>> Received He whole persevereth.
> Be there one or thousands hosted,
> One as much as all received.
>> He by no eating perisheth.

> · · · · ·

> When the priest the host divideth,
> Know that in each part abideth
>> All that the whole host covered.
> *Form of bread, not Christ is broken,*

Not of Christ, but of His token,
  Is state or stature alter̀ed."

(Works, as before, p. 129.)

It seems heartless to ignore a possibly grand, devout, yearning Faith underlying what to the Protestant is superstition.

4.   c. i., stanza 2nd, line 3rd, page 64. " bind'st her white curl'd locks *in caules of sand*." Cf. Herbert, later :

.. .." Thou hast made poor sand
Check the proud Sea, e'en when it swells and gathers."

(' Providence '.)

5.   c. i., st. 3rd, line 4th, page 64. "*hoarse drumming seas, and winds loud trumpets fight*." Cf. c. ii., st. 4th, lines 4th and 5th. Fletcher re-produces this frequently. Cf. Pis. Ecl. iii., 7th and 17th *et alibi*.

6.   c. i.. st. 3rd, line 9th, page 65. " my *fraught*". Cf. c. v., st. 35th, line 3rd. Earlier in Sackville, Lord Buckhurst's ' Induction ', we have the same spelling : " Forth we launch full-*fraughted* to the brink ": and in the legend of " Henry Stafford, Duke of Buckingham ", " my heart his bottom hath *unfraught*." (Works by Sackville-West, as before, pp. 120, 159.) Later, in Cartwright, as before :

" And—as in urgent tempests 'tis a taught
Thrift to redeem the vessel with the *fraught*."

(Poems, p. 286.)

So too Dr. Donne (Poems, 1650, p. 17) " I had Love's pinnace over*fraught* " : and Herbert (' The Size.')

> " What though some have a *fraught*
> Of cloves and nutmegs.''

Cf. Apollyonists, c. iii., st. 21st, line 4th. The elder Poets had no scruple in accommodating their orthography to their rhyme and rhythm, as with ' fraught ' for 'freight.' Thus Sylvester's du-Bartas (1641) makes this word ' fraighting ' to rhyme with ' waiting '. (p. 242.) So too with others. Henry More the Platonist in his ' Philosophical Poems ' (1647) needing a rhyme for ' degree ' and ' fee ' actually transmutes 'universe' into 'university':

> " . . . . Physis is next degree :
> There Psyche's feet impart a smaller fee
> Of gentle warmth.   Physis is the great womb
> From whence all things in th' University
> Yclad in divers forms do gaily bloom." (p. 20.)

Similarly he changes ' mould ' into ' moul ' to rhyme with ' soul ' (p. 261) and ' circular ' into ' circuline ' to rhyme with ' shine ' (p. 147) and ' amounts ' into ' amounds ' to rhyme with ' confounds ' and 'rounds ' (p. 23) and ' knill ' for ' knell ' to rhyme with ' kill ' (p. 58) and so with others. This is a characteristic of the Poetry of the Period that has not received adequate attention as one of the formative elements of our Language.

7.   c. i. st. 5th, line 4th, page 65. "*watry moone*." Cf. CRASHAW's "watery sun" (Works by Turnbull p. 3.)

8.   c. i., st. 5th, line 7th, page 66. " *tine* ". Cf. SPENSER : Fairy Queen' b. II., c. viii., st. 11 : b. III., c. iii., st.

57 *et alibi* : and MILTON : 'Paradise Lost' x.. 1073—1375 :

> ...." the clouds
> Justling, or push'd with winds, rude in their shock,
> *Tine* the slant lightning."

Archdeacon TODD refers to FLETCHER here. Somewhat un-intelligently Dr. Cleveland places the river 'Tine' (= Tyne) under this word. In passing it is due to Prendergast to state that his Concordance to Milton very much excels in usefulness as in general accuracy, the American's : the latter being intolerable from giving mere references to the places, and these far from correctly. Dr. Cleveland, I regret to say, makes not the slightest allusion to his predecessor. As Milton is the main subject of this Note I give here a parallel to his use of '*justling*' above, that has escaped his Commentators. It is found in Dr. JOSEPH BEAUMONT's 'Psyche' (as before) c. xix., 57 :

> "The lusty coursers took their sprightfull wing
> And *justling* through the clouds, away did fling."

9.   c. I. st. 6th, line 5th, page 66.   "*The hollowing owle*" As explained *in loco*, this is = hallooing. It recals WORDSWORTH's marvellous description of the owls of Windermere.

> ...." He as through an instrument,
> Blew mimic hootings to the silent owls
> That they might answer him. And they would shout
> Across the watery vale and shout again

> Responsive to his call, with quivering peal
> *And long halloos*, and screams and echoes loud
> Redoubled and redoubled."

Fletcher calls the owl the ' post ' of Night.   Cf. Sylvester's du-Bartas (1641) :

> " O Night's black daughters, grim-fac't Furies sad,
> Stern Pluto's *postes* " ....   (p. 97)

10.   c. l. st. 6th, line 7th, page 66 : put period after steep.
11.   c. l. st. 7th, line 2nd, page 66.   "the labourer *snorteth* fast."   So Dr. Donne, as before, (p 2)

> "*Snorted* we in the seven-sleepers den ?"

and again of Jealousy,

> " sits down and *snorts*, cag'd in basket chaire."

Similarly Henry More, as before,

> " Has then old Adam *snorted* all this time ?" (p 220)

The elder Writers never hesitated to use the right, however rough, word. Cf. Apollyonists c. III, st. 23rd, line 3rd.   ' Sicelides ' (Act 3, sc. 6) also has it

> " The fisher tyr'd with labour, snorteth fast."

12.   c. I, st. 8th, line 3rd, page 67.   "*limber haire*."   We have a fine example of word and thing in Randolph's ' Poems ' (3rd edition, 1643) of the ' snake ' as it crept over Lycoris :

> " The Nymph no signe of any terrour shows
> (How bold is Beauty when her strength she knows ?)

And in her hand the tender worme she grasp'd,
While it sometimes about her fingers clasp'd
A ring enamel'd, then her tender wast
In manner of a girdle round imbrac't,
And now upon her arm a bracelet hung,
Where for the greater ornament, he flung
His limber' body into sevorall folds,
And twenty winding figures, where it holds
Her amorous pulse, in many a various twist,
And many a love-knot ties upon her wrist."   (p 12.)

Cf. also c II. st. 11th, line 7th.

13.   c I. st. 9th. line 3rd, page 68.   *"eath"*   SPENSER has
this word in Fairy Queen, B 2. c 3. st. 40 ; B 4. c.
6. st. 40, *et alibi*. It occurs also in Mr. Small's " English Homilies ", as before, as follows

"To knaw, he said, it war ful *ethe*". (p. xix)

Nearly contemporary with our Poet is Southwell's
employment of it :

" If Saul's attempt at falling on his blade
As lawful were as *eth* to put in ure." [*i. e.* use)
                    (Works by Turnbull, (1859) p. 67)

HENRY MORE, as before, furnishes interesting examples
of the use singly and in combination, of this word :

" . . . . Conceiue the air and azure skie
All swept away from Saturne to the Sunne,
Which *eath* is to be wrought by Him on high."
                    (p 201)

Again :

> " Thus lustfull Love—this was the love I ween—
> Was wholly changèd to consuming ire : -
> And *eath* it was, sith they're so near a kin." (p. 301)

In combination as meaning 'not easily ' we have these :

> " ....my path had till'd
> My feeble feet, that without timely rest
> *Uneath* it were to reach my wonted nest. "   (p 299

and

> " These arguments its not *uneath* to find." (p 212)

14.   c. I, st. 9th, line 6th, page 68.   "*the liver's channel*"
Cf. The Purple Island, c. iii., 5 —15.

15. c, I, st. 10th, line 1st, page 69.   "*shapelesse shape*".
Later DR. JOSEPH BEAUMONT in his ' Psyche '—as
before—repeatedly appropriates this :

> ...." Dreams....walk'd
> In shapeless shapes about the throngèd room."
>
>   (c. VI, st. 200)

again, (c. VIII, st. 168)

> " scrambling, frantick *shapelesse shapes* he fills."

Once more,

> " All shapelesse shapes together tumbled were."
>
>   (c. XVIII, st. 185)

16.   c. I, st. 11th, line 6th, page 70 (*bis*) : the Divine
pronouns should have had capitals.

17. c. I, st. 10 and 11th, pages 69—70.   Place beside these portraits the later powerful words of Samuel Holden, M.A.   " Sin ! Life's concubine (for it ne're lies from it) and Death's mother (for the Apostle says it brings it forth) : this mother dyes in bringing forth the daughter." (Two Sermons preached at the funeral of the Right Honourable Robert Lord Lexington and the Lady Mary his Wife.   1668.   4to, p. 16)

18.   c. I, st. 11th, lines 5—9th.   Cf. Giles Fletcher's ' Christ's Victorie ' I., st. 2—3rd, line 9th : spell ' in- flesh't '.

19. c. I, st. 12th, line 6th, page 70.   '*right*' = direct or face to face, in contrast with the back, seen at parting.

20.   c. I, st. 13th, line 1st, page 70. "*quicke*" = living, not merely rapid or sharp.

21.   c I, st. 13th, lines 7—9th, page 71.   See Postscript to " Brittain's Ida."   [Vol. I. page 102] We have a not unworthy parallel on the Divine Poems of Edmund Ellis (1658) on Proverbs VII. 27.

> " Ther's venome in her sweet breath :
> Her tempting hair's the snare of death.
> The flaming beauty of her eyes
> Is but the devill's sacrifice.
> Her lookes are gaudy, but not fine :
> Her clearest beauties, blaze not shine."   (p. 11)

22.   c I, st 13th, lines 5—9th, page 71 : repeated in the Purple Island c VII. st. 25th, and see Postscript as in Note 21.

23.   c I. st. 17th, line 6th, page 73.   "*conclave.*"   Cf. also c IV. st. 6th, line 1st p 133.   So Shakespeare

"the holy *conclave*."   (Henry VIII. ii. 2) and MILTON,
P. L. I. 795. "In close recess and secret *conclave*
sat."

24.   c I, st. 18th, lines 3rd and 4th. page 73. Cf. Dr.
BEAUMONT's 'Satan' in Psyche—as before—c II. 166—
168

. . . ."the boils spew on his eyelids hairs
Fit matter for so foul a monster's tears.
Like to some oven's black arch, so hangs his brow
Over the furnace of his eyes, wherein,
Delicious flames did radiantly glow,
But now the fire's as dark as his own sin ;
   And being fed with sulphure, doth confess
   What is its work, and where it kindled was."

See Note B, *ante*.

25.   c I. st. 20th, line 6th, page 74. " *springing day.*'
Crashaw appropriates this :
"Taint not the pure streams of *the springing day*."
                       (Works, as before p 110.)

26.   c. I., 31—32d. pp. 81—82. "*Satan.*" CRASHAW
copies after these and other Satan-traits of ' The
Apollyonists' in his Sospetto D' Herode, as before.
I adduce an unbroken portion, as the student of
FLETHECR will recognize throughout, the suggestions
from 'Locustæ' and 'Apollyonists' while admiring
the grandeur here as elsewhere, of much that belongs
to CRASHAW himself—

. . . .While new thoughts boil'd in his enragèd breast,
His gloomy bosom's darkest character

Was in his shady forehead seen express'd.
The forehead's shade, in grief's expression there
Is what in sign of joy among the blest
The face's light'ning, or a smile is here.
   Those stings of care that his strong heart oppress'd,
   A desperate *Oh me!* drew from his deep breast.

O me! thus bellow'd he; *O me!* what great
Portents before mine eyes their pow'rs advance?
And serve my purer sight, only to beat
Down my proud thought; and leave it in a trance?
Frown I; and can great nature keep her seat?
And the gay stars lead on their golden dance?
   Can His attempts above still prosp'rous be,
   Auspicious still, in spite of Hell and me?

He has my heaven, what would He more? whose bright
And radiant sceptre this bold hand should bear;
And for the never-fading fields of light,
My fair inheritance, He confines me here,
To this dark house of shades, horror, and night,
To draw a long-lived death, where all my cheer
   Is the solemnity my sorrows wears,
   That mankind's torment waits upon my tears.

Dark dusky man He needs would single forth,
To make the partner of His own pure ray:
And should we pow'rs of Heaven, spirits of worth,
Bow our bright heads before a king of clay?
It shall not be, said I, and clomb the North,
Where never wing of angel yet made way:
   What though I miss'd my blow? yet I stroke high:
   And to dare something is some victory.

Is He not satisfied ? Means He to wrest
Hell from me too, and sack my territories?
Vile human nature means He not t' invest,—
O my despite !— with His divinest glories ?
And rising with rich spoils upon His breast,
With His fair triumphs fill all future stories ?
　　Must the bright arms of Heaven rebuke those eyes ?
　　Mock me, and dazzle my dark mysteries ?

Art thou not Lucifer ? he to whom the droves
Of stars that gild the Morn in charge were given ?
The nimblest of the lightning-wingèd loves ?
The fairest, and the first-born smile of Heaven ?
Look in what pomp the mistress planet moves,
Rev'rently circled by the lesser seven ;
　　Such, and so rich, the flames that from thine eyes
　　Oppress'd the common people of the skies.

Ah, wretch ! what boots thee to cast back thy eyes
Where dawning hope no beam of comfort shows ?
While the reflection of thy forepast joys
Renders thee double to thy present woes ?
Rather make up to thy new miseries,
And meet the mischief that upon thee grows.
　　If Hell must mourn, Heav'n sure shall sympathize ;
　　What force cannot effect, fraud shall devise.

And yet whose force fear I ?   Have I so lost
Myself ? my strength, too, with my innocence ?
Come, try who dares, Heav'n, Earth, whate'er dost boast
A borrow'd being, make thy bold defence :
Come, thy Creator, too ; what though it cost
Me yet a second fall ? we'd try our strengths.

Heaven saw us struggle once, as brave a fight
Earth now should see, and tremble at the sight."
(Works by Turnbull, as before, pp 49 – 51.)

See also Note B *ante* p 186 *et seqq.*—for the Satan of ' Psyche. '

27.   c. i., st. 33rd, line 9th, page 82. "*desert*"   This is explained by stanza 38th onward.

28.   c. I., st. 36th, line 7th, page 84. " *God's absent presence.*"   Cf. later, Sir John Beaumont's memorable lines from his ' Contrition ' (Bosworth Field &c., 1629 p. 74.) :

" Hell could not fright me with immortal fire
Were it not arm'd with Thy forsaking ire."

Crashaw also gives the peculiar words in his ' Hope ' :

......" thus art thou, Our *absent presence* and our future now."   (as before, p 84.)

29.   c. I., st. 39th, line 4th, page 85. "*sad*"   This is probably here = serious or contemplative.   Cf. my Sir John Davies, p. 176, and note *h*, pp. 475—476. So also much earlier Roye, in his famous satire-portrait of WOLSEY as "a fellow neither wyse nor *sadde*" (' Brefe Dialoge '.)

30.   c. I. st. 40th, line 4th, p. 86. ' *embrave* '.   Crashaw has this word :

" The babe whose birth *embraves* this morn."
(Works, as before, p. 30.)

It is a favourite with Beaumont in ' Psyche ' in all manner of applications.   Thus c. ix., 20 :

" These teach the *embraved* soul to tower above '.

Again, c. xii., 125 :

" With holy vigour so *embrav'd.*"

and in nearly every remaining canto.

31.   c. II., st. 1st, line, 3rd, page 87. "swolne with hate." Cf. c. i., st. 18th, and c. iii., st. 8.   See Appendix to Apollyonists, Note B. *ante.*

32   c. II., st. 3rd, line 6th, page 88.   Justice and Mercy. Cf. Giles Fletcher, c. i., st., 9—16: and Samuel Speed, as given in Notes to our Essay, Vol. I., p. ccclx.   I beg here also to supplement my remarks on the Scriptural- ness of the Personifications, by a reference to the profound saying of St. James, of " Mercy rejoicing against Judgment."   (II. 16.)

33.   c. II., st. 8th, line 3rd, page 90. ' *Loyola.*'   Cf. Ran- dolph (' Poems, 1643, pp. 50—51 :

... ." That I may
Directly clear myself, there is no way
Unlesse the Jesuites will to me impart
The secret depth of their mysterious art.
*Who from their halting patriot learn to frame
A crutch for every word that fals out lame.*
That can the subtle defference discry
Betwixt æquivocation and a lye.
And a rare scape by sly distinction finde
To swear the tongue, and yet not swear the minde.

> Now arm'd with arguments I nothing dread
> But my own cause thus confidently plead.

34. c. II., st. 11th, line 1st, p. 92. "*mores.*"   Cf. Giles
Fletcher, c. i., st. 9th.

35. c. II., st. 13th, line 7th, p. 93. "*emperour*'.   MILTON
uses this title also : "Hell's dread Emperour (P. L.
ii., 510).   Earlier Bp. Hall, as before, in his Satires :

> " Good Saturn' self, that homely emperor."
>> (Works, as before, vol xii., p. 193.)

So too Herbert in ' The Church Militant' :
> " He was a God, now he's an Emperor."

and

> " In old Rome a mighty Emperour."

and Dr. Donne ('Poems' 1650, p. 207) :

> " This man this world's Vice-Emperour" :

and John Hall ('Poems' 1646, p. 85) :

> " Set up a throne,
> Admit no rivall of Thy power,
> Be Thou alone
> (I'le onely fear Thee) Emperour."

36.   c. II., st. 16th, line 7th, page 95. "*curl'd head waves.*"
Crashaw oddly applies this to the stars :

> " Hope kicks the curled heads of conspiring stars "
>> (Works , as before, p. 84.)

So Dr. Donne also in his Epitaph on Shakspeare :

"Under this curled marble."

37.   c. II., st. 15—20, lines 3—7, pages 94—97. Cf. Crashaw once more :

"We, said the horrid sisters, wait thy laws,
Th' obsequious handmaids of thy high commands ;
    Be it thy part, Hell's mighty lord, to lay
    On us thy dread commands, ours to obey.

What thy Alecto, what these hands can do,
Thou mad'st bold proof against the brow of heav'n ;
Nor should'st thou bate in pride, because that now
To these thy sooty kingdoms thou art driven :
Let Heav'n's Lord chide above, louder than thou,
In language of His thunder thou art even
    With him below: here thou art lord alone,
    Boundless and absolute: Hell is thine own."

(Works, as before, pp. 51—52.)

38.   c. II., st. 25th, lines 4th and 5th, page 99.   Cf.
Memorial-Introduction to our Giles Fletcher, pp. 36,
37.

39.   c. II., st. 28th, line 9th, page 101.   "*soile*."   So I
have printed in the text and relative foot-note : but a
re-examination of the Original makes me suspect that
I have misprinted an *s* for an *f*: and that the word is
'foile' or 'file' i.e. defile, which (poetically) is the
same with 'soil.'   SOUTHWELL thus uses the word in
his St. Peter's Complaint :

"Ah sin ! the nothing that doth all things *file*."

(Works by Turnbull (1856) p. 36.)

40. c II. st. 29th, line 6th, page 101. "*pustled.*"   Cf. my Sir John Davies p 472 and foot-note.

41. c II. st. 32nd, line 2nd, page 102. "*stale.*" Fletcher uses this word in Sicelides (Act 3. sc. 6) " he shall sit on a perch for a *stale.*" Spenser has it F. Q. B. 2. c I. st. 4th :

"Still as he went he craftie *stales* did lay."

also B. 6. c. 10. st. 3rd. It is a Shakesperean word : *e.g.* "*stale* to catch these thieves." (Tempest IV. 1) *et alibi.*

42. c II. st. 33rd, line 7th, page 103 ' *have fell.*' Besides those from Sir John Davies *in loco*, I may give here additional examples of corresponding incorrect forms in the use of verbs. Earlier Sackville, Lord Buckhurst in his 'Induction,' has these :

(1)   "—sighing sore, her hands she wrung and fold
      [= folded.]

Tare all her hair, that ruth was to behold." (p 100)

(2)   "Of worthy men by Fortune overthrow [=overthrown.]

Come then, and see them rueing all in row."
(p 104.)

Also in his "Complaint " of " Duke of Buckingham "

(3)   " He whose huge power no man might overthrow
      Tomyris' queen with great despite hath slow.
      [= slown or slain.] (p. 128.)

(4)   " Melciades, O happy hadst thou be [= been.]
      And well rewarded of thy countrymen." (p 146.)

(5)   "And being thus, alone, and all forsake [=forsaken.]

Amid the thick."   (p 148)   [Works, as before.]

So Donne (as before p 116)

> " The amorous evening starre is rose [= risen]
> Why then should not our amorous starre inclose
> Her selfe : "

Beaumont's ' Psyche '—as before—furnishes like inaccuracies. The Poets never hesitated to violate grammar for rhyme and even rhythm. Cf. Note 6, *ante*.

43.   c II. st. 34th, line 6th, page 104. " *sugred tongue.*" Cf. c IV. st. 2nd, line 8th, ' sugred spell' and elsewhere. So Lovelace ' sugar'd lies' (Poems by Hazlitt p 63.) It occurs in well-nigh every contemporary Poet, and earlier.

44.   c II. st. 35th, line 8th, page 104. " *quick* " = alive, as before.

45.   c II. st. 39th, line 3rd, page 106. " *sooty:*" So Crashaw, as before, 'in note 37: also " she lifts her *sooty* lamps." (Works as before, p 53.) Beaumont in ' Psyche ' uses it repeatedly : *e.g.* "ˌwhat before was harsh and *sooty*." (c XXI. 153) and "fright the *sooty* bats" (c. xxii., 22) and "their *sooty* pinions through the swarthy air" (c xiv. 147.) *et alibi.* So HENRY MORE, as before, "Its the fruit of their burnt *sootie* spright." (p 75.) Blair, later, introduces it effectively into ' The Grave.'

46.   c. III., st. 4th, line 9th : " *how soone prospers the vicious weed.*" Cf. with this Sylvester's du-Bartas (1641) :

> " Alas ! how true the proverb prooves too-plain,
> Saying, *Bad weeds grow every-where apace ;*

But wholesom herbs scent sp ring in any place
Without great labour and continual pain."
("The Triumph of Faith", c. ii. st. 18., p. 252.)

Very finely too in another aspect, SOUTHWELL:

" God doth sometimes crop first the sweetest flower,
And leave the weed till Time do it devour.'
(Works by Turnbull (1856) p. 156.)

47.   c. III., st. 5th, lines 1—9, p. 110. ' *Russia.*' Cf. Piscatory Eclogues, I., st. 12, and II., st. 13.

48.   c. III., st. 14th, line 9th, page 116. ' *thirst*'.   This shews that WARTON and not Mr. Collier is probably correct in explaining Spenser: F. Q. b. I., c. iv., st. 23.

49.   c. III., st. 16th, line 2nd, page 117. ' *All the All's*' : So Donne, as before, (p. 313):

"That All, which always is All everywhere."

50.   c. III., st. 16th, line 5th, p. 117. ' *two keys*'.   So Bp. Hall, as before :

........." for the lordly fasces borne of of old
To see two quiet crossèd keys of gold."
(Works, p. 246.)

51. c. III., st. 21st, line 6th, page 119. ' *fishers caught.*' So Beaumont's ' Psyche ' as before (c. x., st. 54) :

" Once more their nets they cast, but cast away ;
Meekly ambitious to be fishes now,
And render up themselves His joyful prey,
Who thus His net of Love about Him threw.

> Never adventure had they made like this,
> Where being caught themselves they catch d their
>   bliss :"

Cf. also ' Piscatory Eclogues ' iv. 28 :

52.   c. III, st. 22nd, line 4th, page 120. "*groomes.*" Cf.
c. v., st. 18th, line 1st. " Groom originally means
just, *a man*.   It was a word much used when pastoral
poetry was the fashion.   Spenser has herd-groom in
his Shepherd's Calendar.   This last is what it means
in Christ's Victorie c. ii, st. 2nd : ' shepherds '. "   Dr.
Macdonald ' Antiphon ' p. 154.   I add that the second
reference, *supra*, confirms the ' shepherd ' meaning, as
the contrast is between himself a ' shepherd ' and David, the ' shepherd-king.'   So also Dr. Donne, as
before, (p. 225)

> " Think then, my soul, that death is but a groom
> Which brings a tapour to the outward room."

also Sir John Beaumont, as before, (p. 94)

> " How many titles fit for meaner groomes
> Are knighted now "

53.   c. III, st. 24th, line 2nd, page 121. "*lozel*". So
Bishop Hall, as before,—Vol xii, p. 246 :

> " To see an old shorn lozel "

54.   c. III, st. 36th, line 5th, page 128. '*female Pope*'.
Bishop Hall, (as before, p. 249,) puts it somewhat
coarsely :

"But had he heard the female Father's groan
Yeaning in mids of her procession."

(Satires B. IV, st. 7th)

55. c. IV, st. 1st, line 3rd, page 131. '*sandy floores*'.
See c. III, st. 27th, line 5th.

56. c. 1V, st. 2nd, line 6th, page 132. '*Drury*' I have
in my Library a contemporary tractate which gives a
very vehement and triumphant account of the (alleged)
judgment of **God** in the falling of the house wherein
Drury preached or held his meetings, and to which
event no doubt our Fletcher referred. Pity that so
good a man—and others later—should forget that such
calamities have overtaken the most orthodox and
evangelical auditories, and more sorrowfully that The
Master's warning from the Tower of Siloam should
go for nothing.

57. c. IV. st. 3rd, line 4th, page 132. '*Venetian wound*'
I was disposed to regard this as a mis-print of a *t* for an
r, and that 'venerian' or 'venerean' was intended to
brand Pope Paul's notoriously lustful character. But
while this no doubt was the meaning of our Poet, the
proper name 'Venetian' is probably correct. For in
Bishop Hall's 'Satires' you have Venice thus stigma-
tized,

.... "rank Venice doth his pomp advance,
By trading of ten thousand courtesans.''   (Works,
Vol xii, p. 246)

Cartwright later, has a similar reference in 'The Ordi-
nary' Act I, sc. 4.

58. c. IV, st. 3rd, line 5th, page 132. '*carefull*'. So Lord Buckhurst, as before, in Ferrex and Porrex :

" slumbering on his careful bed he rests ".

> (Works, as before; p. 66)

59. c IV, st. 4th, lines 4—9, page 133. '*snake*'. Crashaw again reflects Fletcher here

" So said, her richest snake, which to her wrist
For a beseeming bracelet she had tied—
A special worm it was as ever kiss'd
The foamy lips of Cerberus—she applied
To the king's heart ; the snake no sooner hiss'd,
But Virtue heard it, and away she hied ;
  Dire flames diffuse themselves through every vein
  This done, home to her Hell she hied amain.

He wakes, and with him ne'er to sleep, new fears :
His sweat-bedewed bed had now betray'd him
To a vast field of thorns : ten thousand spears
All pointed in his heart, seem'd to invade him :
So mighty were th' amazing characters
With which his feeling dream had thus dismay'd
    him,
  He his own fancy-framèd foes defies :
  In rage, My arms, give me my arms ! he cries.'

This is the more noticeable, as the next stanza of Apollyonists (stanza 5th) is reproduced very closely in the immediate context of Crashaw. The metaphor is an homely and unpoetical one, and hence is to be the more observed in its repetition :

" As when a pile of food-preparing fire
The breath of artificial lungs embraves,
The cauldron-prison'd waters straight conspire,
And beat the hot brass with rebellious waves ;
He murmurs and rebukes their bold desire :
Th' impatient liquor frets, and foams, and raves ;
   Till his o'erflowing pride suppress the flame,
   Whence his high spirits and hot courage came."

                    (Works, as before, p. 59)

Cf. Postcript 'to ' Brittain's Ida " Vol I. page 102—
Dr. JOSEPH BEAUMONT also appropriates the sym-
bol *e. g.*

" When subtile fire hath through the cauldron's side
Into its unsuspecting bowels stol'n ;
The liquor frets and fumes, and to a tide
Of working wrath and hot impatience swol'n,
   With boiling surges beats the brass, and leaves
   No way untry'd to vent its tortur'd waves. "

                    (Psyche c. VI, 259)

Homer or Virgil may have suggested it to all.

60. c. IV, st. 6th, line 5th, page 133. ' *treat* '. Query
=entreat ?

61. c. IV, st. 11th, line 1st, page 136. ' *Belgia* '. That
is the Netherlands. Cf. Bishop Hall's Satires, B. IV,
s. 4th : also Apollyonists c. IV, st. 24th.

62. c. IV. st. 12th, line 3rd, page 137. ' *Corno* ' I felt
disposed to regard this as a misprint for Cosmo. But
is there a play on its meaning of 'crown' ? There is

a river of the name in Italy, and it may have been used to designate one of the Papal-rejecting provinces.

63.   c. IV. st. 17th, line 2nd, page 140. '*silent ayre.*' So LOVELACE

> "You are *silent* as the ev'ning's *ayre.*"
>
> (As before p 105.)

64.   c. IV. st. 17th, line 3rd, page 140. "Aeol's rocky jayle.' Aeolus or Aelos the god of the Winds : each wind having its separate cave, according to the Greek mythology. This myth is a favorite with the Classics and our own Poets. Cf. Purple Island c VII. 47.

65.   c. IV. st. 19th, lines 4—7, pages 141—142 Cf. our Memoir, Vol. I page cxxxiv.

66.   c. IV. st. 24th, lines 8—9, page 144. '*Arminius.*' Cf. John Hall, of Durham, as before, (p 48.)
> "Bear witnesse Dort, when Error could produce
> The strength of reason, and Arminius."

67.   c. IV. st. 26th, line 2nd, page 145. '*imp't.*' Cf. Spenser, F. Q. b 4. c 9, st. 4, line 7th, and b I. c 6, st. 24, line 1 *et alibi*.

68.   c. IV. st. 29th, line 1st, page 147. '*prologue*' Curiously enough we find these very words in Raleigh's sonnet 'de Morte' :

> . . . ."the first cry
> The Prologue to the ensuing Tragedy."

The word and thing occur (*bis*) in Sicelides (Act 5. sc. 5) 'acting the prologue of his tragedy' and Act I. sc. 4.

69.   c. IV. st. 31st, line 4th, page 148. '*Britaine kings.*'
Cf. c. v. st. 17th. line 3rd.
So earlier we have in Lord Buckhurst's Ferrex and
Porrex (Act V. sc. 1st)

> "Even yet the life of Britain land doth hang
>   In traitor's balance."

On a little are other two examples—the second pecul-
iarly interesting from the '*great*':

> "These lords now left in Brittain land."

and

> "Ours is the sceptre then of Great Britain."
>   (Works, as before, pp 74, 78 and 79)

I have not observed 'British' in Lord Buckhurst and
not in the Fletchers.   But Bp. Hall, as before, in his
Satires, has it:

> "All British bare upon the bristled skin." (p. 202.)

So too Herbert 'The British Church' and in 'The
Church Militant':

> "Constantine's British line......"

also Sir John Beaumont, as before, (p. 183):

> "As British whales aboue the dolphins swell."

Before he has

> "A sweet delight to Britaines." (p. 132.)

In Beaumont's Psyche, as before, the words are used irregularly: for while British occurs more than once (as in c. xxii., 106 : and c. xxiii., 131 and 157) ho has also the transition-form, as in c. xxii., 141 :

" such a storm as this, into the Britain hemisphere did pass."

70.   c. IV. st. 33rd, foot-note, page 149.   Query—Was this the father-in-law of Charles Cotton, Walton's friend ?   If so, ho was of Owthrop, co. Notts.

71.   c. IV., st. 35th, page 150, '*James*.'   The king must have been possessed of a 'pleasant voice' and something more.   Cf. this praise of Fletcher with that of Sir John Beaumont (as before, p. 212) :

" Hence those large streams of eloquence proceed,
Which in the hearers strange amazement breed ;
When laying by his scepters and his swords,
Ho melts their hearts with his mellifluous words.''

72.   c. V., st. 3rd, line 4th, page 155. '*ensigne*'.   So Nathaniel Hooke (' Amanda' 1653, p. 7) :

......"the Ensigue who doth wield
And flourish Beautie's flags of ornament."

73.   c. V., st. 4th, line 3rd, page 156. '*grandame.*'   So Bp. Hall in his Verses to Sylvester :

...."Rushing down through Nature's closet-door
She ransacks all her grandame's secret store."

(Works, as before, p. 328.)

74   c. V, st. 4th, line 5th, page 156. '*flesh't.*' This some-what unusual use of the word has a parallel in Bishop Hall, as before, in 'Satires' (p 143)

" If he can live to see his name in print :
Who when he is once *fleshèd* to the press."

Later in Sylvester's du-Bartas

"*flesht* in murders, butcher-like."   (1641 p. 91)

75.   c. V, st. 8th, lines 3—4, page 158.   ' *Sad Time &c.*' The Tragedy of Albumazar, (probably) by our Flet-cher's friend 'Thomalin' (Tomkins) furnishes a striking parallel here:

" How slow the day slides on ! when we desire
Time's haste, he seems to lose a match with lobsters
And when we wish him stay, he imps his wings
With feathers plumed with thought."

So Rutter's ' Shepheard's Holyday :

" The messages which come to do us hurt
Are speedy : but the good come slowly on."

(Act ɪᴠ, sc. 2)

So too Dr. F. W. Faber in his supreme hymn of the Eternity of God:

" Dear Lord ! my heart is sick
Of this perpetual lapsing time,
    So slow in grief, in joy so quick,
Yet ever casting shadows so sublime :

> Time of all creatures is least like to Thee,
> And yet it is our share of Thine eternity."

76.   c. V, st. 12th, line 1st, page 159.   '*mounting eagle*'. Probably there is an allusion here to the classical myth of Jupiter and Ganymede—with that strange blending of heathen and sacred references which we find even in Milton *e. g.* Lycidas.   Cf. st. 34th, line 2nd, where Pegasus is similarly introduced.   HERRICK in his 'Noble Numbers' affords a still more remarkable example of this, by naming Our Lord 'Roscius': Thus,

> "The crosse shall be Thy stage: and Thou shalt
>   there
> The spacious field have for Thy theater.
> Thou art that Roscius, and that markt-out man,
> That must this day act the tragedian,
> To wonder and afrightment."
>   (Works by Hazlitt (1869) Vol. II., p 426, 'Good
>   Friday : Rex Tragicus or Christ going to His
>   Crosse '.)

See Dr. Macdonald's just remark in Vol I, page clxiv.

77.   c. V, st. 13th and 14th *seqq.*, pages 160—161.   The names here alluded to will be found in every History of the Gunpowder Plot and denounced or lauded in many a dreary ' 5th November Sermon.'

78.   c. V, st. 24th, line 5th, page 166.   '*Hornèd moon*' So LOVELACE

> "Bright as the argent-hornèd moon."

(as before, p. 64) Massinger uses 'hornéd' as = the crescent of the Turks. See 'The Renegado' Act II. sc. 5. and 'The Bashful Lover, Act V. sc. 3.

79. c. V. st. 24th, lines 6—nad st. 92 5th, page 166. Cartwright later, summarizes all this :

>   . . . . .O ye Powers !
>   May this your knot be ours ;
>   Thus where cold things with hot did jar,
>   And dry with moyst made mutuall war,
>   Love from that mass did leap ;
>   And what was but an heap
>   Rude and ungather'd—swift as thought was hurl'd
>   Into the beauty of an order'd world'.
>
>   (Poems, as before, p 290)

80. c. V. st. 27th, line 1st, page 167. *piece out the lingring day.'* Nearly the same words occur in Purple Island, c. i., st. 1st, line 4th :

> " To paint the world, and piece the length'ning day."

So too JOHN HALL OF DURHAM, as before (p 26.)

> " Come prethee come, wee'l now essay
>   *To piece the scantnesse of the day,*
> Wee'l pluck the wheels from th' Chariot of the sun
>   That he may give
>   Us time to live
>   Till that our scene be done."

In like manner BEAUMONT's ' Psyche ', as before, c xx. 295 :

> " To piece up curtail'd day with candle-light."

81.   c. V. st. 28th, line 6th, page 168. ' *tunne.*' So Bp.
Hall, as before. (p 261.)

    .... " the swoln bezzle at an alehouse fire,
That *tuns* in gallows to his bursten paunch." -

82.   c. V. st. 36th, line 1st, page 172. '*seeled eyes.*' 'Seeled'
is a Hunting term = hooded. RANDOLPH has

     "pants like the scalèd pigeon's eye."
(As before, p 36.)

Similarly HENRY DELAUNE in πατρικοр ἑωρον or a
Legacy to his Sons &c.   (1657)

    " As with a tow'ring strain, the strong-wing'd dove
Soars up aloft : when she is *ceeled.*—" (p 164.)

So too SYLVESTER's du-Bartas, as before :

    " Now suddenly wide-open feel they might
Siel'd for their good—both souls and bodies sight."
(p 92.) G.

Piscatorie Eclogs.

Note.

The following is the original (separate) title-page of the
Eclogues :

"PISCATORIE
ECLOGS,

AND

OTHER POETICALL
MISCELLANIES.

By P. F.

[The small wood-cut of the University Printers usual
sign, with the legends *Hinc. Lvcem. et. Pocvla sacra.* and
Alma Mater Canta brigia. G.]

Printed by the Printers to the UNIVERSITIE
of CAMBRIDGE. 1633. [4to.] "

Collation : Title-page and pp. 54.   The ' Poeticall Miscellanies ' will be found in their own place in Vol IIId.
The Eclogues form the first part of the second division
of the quarto of 1633.   In a large-paper copy of the
volume preserved in the Library of the British Museum,
the Eclogues have certain delicately-engraved illustrations
after the manner in which Benlowes was wont variously
to adorn his own 'Theophila'.   This particular copy was
a gift from FLETCHER to BENLOWES *(' Ex dono Authoris')*
and he has placed in it this couplet :

" Nec mare nec venti nec quod magis omnibus Angli
Horruimus Te tergeminus non fortior armis
Phinees ffletcher."

The book-plate of BENLOWES is impressed (reverse) on
back of title-page.   After title-page of the Eclogues, are
engraved Lines (illustrated), as follows :

Sun in centre

(a face)

Sunflower :   Pansy :

Durus a Deo benevolus :   Sunward, Beloved :

Anag.   Edward Benlowes

Sun-warde beloved.

While Panses sunward look, that glorious Light
With gentle beames ent'ring their purple bowers
Shedds there his LOVE and heat, and fair to sight
Prints his bright forme within their golden flowers.
   Look in their leaves, and see begotten there
   The sunne's lesse sonne glitt'ring in azure sphere.

So when from shades of superstitions night
Mine eye turn'd to the Sun, His heavnly powers
Stampt on my new-born spirit His image bright
And Love, Light, Life, into my bosome showers.
   This difference : they in themselves
                     ·have moving,
   But His sweet Love mee dead,
                     and senscless proving,
   First love's and drawes to love,
   Then loves my soule for loving.   P. F.

On this cf. our Memoir, Vol I. p lxxx—lxxxi—above
being more exactly given here, though dis·c¡ arding arbi-
trary capitals. For other Illustrations see prefatory Note to
'Poetical Miscellanies' in Vol. III^d. and the Purple
Island in Vol. IVth.

Lord Woodhouslee (Tytler) edited and reprinted with
care, these 'Piscatory Eclogues' &c., in a volume now

somewhat uncommon. Its title-page is as follows : 'Piscatory Eclogues with other Poetical Miscellanies of Phineas [sic] Fletcher. Illustrated with Notes, Critical and Explanatory. [A drawing of a Fishing Party on the water.] Edinburgh: Printed for A. Kincaid and W. Creech and T. Cadell in the Strand, London : 1771 : Introduction pp 8 and pp 183 : at the end in 12 pages ' Poesies by P. F." I have culled a few of Woodhouselee's Notes, being all worth-while. He deserves praise for his reprint : but shews small knowledge of his Author e.g. in a brief Memoir there are nearly as many blunders as lines. He ascribes to our Poet his father's ' De Literis' which he miswrites ' De Literatis', and describes it as a " small *prose* work." Onward (p 25) in a foot-note he quotes from " A Historical Dictionary of England and Wales" (1692) and does not discern that the Writer confounds Giles the father with his son Giles, to the utter confusion of the whole.

These 'Eclogues', surcharged as they are with passion at once of love and hate, are of rare though hitherto overlooked biographic value, as shewn in our Memoir. See. Vol. I., pp. lxxxi.—xcii. G.

᾽ΑΛΙΕΥΤΙΚΟ΄Ν,

OR

Piscatorie Eclogues.

Eclogue I.[1]

Amyntas.

T was the time faithfull Halcyone,[2]
Once more enjoying new-lived Ceyx bed,
Had left her young birds to the wavering
        Sea,
Bidding him calm his proud white-curled head,

---

1 See Memoir (Vol. I., pp. xxxix.—liii. *et alibi*) for
allusions in this and subsequent Eclogues to the Poet's
father as Thelgon.   G.

2 Rather A˙cyone, daughter of Aeolus and Enarete:
married to Ceÿx, and they were so happy that they pre-
sumed to call each other Zeus and Hera, for which Zeus
metamorphosed them into birds, the well-known 'king-
fishers.'   Ovid *Met* xi., 410, &c.   G.

And change his mountains to a champian lea;[1]
  The time when gentle Flora's lover[2] reignes,
Soft creeping all along green Neptune's smoothest
      plains;

2.

When haplesse Thelgon[3]—a poore fisher-swain—
Came from his boat to tell the rocks his plaining:
In rocks he found, and the high-swelling main
More sense, more pitie farre, more love remaining,
Then in the great Amyntas fierce disdain:
  Was not his peer for song'mong all the lads,
Whose shrilling[4] pipe or voice, the sea-born maiden
      glads.

3.

About his head a rocky canopie,
And craggy hangings, round a shadow threw,
Rebutting Phœbus' parching fervencie;
Into his bosome Zephyr softly flew;

---

1 A plain = flat, open meadow. A calm 'green' Sea
is vividly put before us hereby. **G.**

2 Zephyr. **G.**

3 = Dr. Giles Fletcher : see reference in Note 1
supra. **G.**

4 Piercing, sharp-toned. **G.**

Hard by his feet the Sea came waving[1] by ;
   The while to seas and rocks—poore swain !—
      he sang ;
The while the seas and rocks answ'ring, loud echoe
      rang.

4.

You goodly Nymphs, that in your marble cell
In spending never spend your sportfull dayes,
Or when you list,[2] in pearled boats of shell
Glide on the dancing wave, that leaping playes
About the wanton skiffe ; and you that dwell
   In Neptune's court, the Ocean's plenteous throng :
Deigne you to gently heare sad Thelgon's plaining
      song.

5.

When the raw blossome of my youth was yet
In my first childhood's green enclosure bound,
Of Aquadune I learnt to fold my net,
And spread the sail, and beat the river round,
And withy[3] labyrinths in straits to set,

---

1 = full of waves. G.

2 Choose. G.

3 Nets or 'traps ' made of ' withs ' : cf. Wright's Bible
Word-Book, as before. G.

And guide my boat, where Thames' and Isis' heire
By lowly[1] Æton slides[2] and Windsor proudly fair.

6.

There while our thinne nets dangling in the winde
Hung on our oars' tops, I learnt to sing :
Among my peers, apt words to fitly binde
In numerous[3] verse ; witnesse thou crystall spring,[4]

---

1 = low-lying 'Eton,' where the Poet and his father
were first educated, and from whence they went to Cambridge.   G.

2 'Slides' and 'sliding' as applied to water &c., is a
favourite with our Poets.   It is found in Sir John Beaumont, as before :

"To gaze on *sliding* brookes...." (p. 101.)
Again :

".... like a river *sliding* to the maine." (p. 120.)
Once more :

".... Past the course of *sliding* houres." (p. 146.) G.

3 Fletcher uses this word repeatedly.   It seems to
be = numbered, i.e. well numbered or musical verse.
Thus is it used in anonymous Verses prefixed to Randolph's 'Poems' (1648):

".... make their verses dance on either hand
With numerous feet .... "
Cf. also Sir John Beaumont, as before :

".... Spoke of Nature's workes in numbred lines."

(p. 130.)   G.

4 Well or 'fountain', and again cf. Wright, as *supra*,
and Virgil Bucol : Eclog. 5.   G.

Where all the lads were pebles wont to finde;
  And you thick hasles,[1] that on Thamis' brink
Did oft with dallying boughs his silver waters
  drink.[2]

7.

But when my tender youth 'gan fairly blow,
I chang'd large Thames for Chamus narrower seas;
There as my yeares, so skill with yeares did grow:
And now my pipe the better sort did please;
So that with Limnus and with Belgio
  I durst to challenge all my fisher-peers,
That by learn'd Chamus banks did spend their
  youthfull yeares.

8.

And Janus self, that oft with me compared,
With his oft losses rais'd my victory;

---

8 Hazle-trees. G.

9 In the description of the fisher's youth and education there is a remarkable similarity to some passages in the 12th Eclogue of Spenser's 'Shepherd's Calendar'. He seems to have been an admirer, and frequently too an imitator of that good poet: but where he has borrowed his thoughts, there are none, I believe, who upon a comparison, will deny that he has improved on them. LORD WOODHOUSELEE, as before. G.

That afterward in song he never dared
Provoke my conquering pipe, but enviously
Deprave¹ the songs which first his songs had marred
   And closely bite, when now he durst not bark,
Hating all others' light, because himself was dark.

9.

And whether nature, joyn'd with art, had wrought
     me,
Or I too much beleev'd the fishers' praise ;
Or whether Phœbus self, or Muses taught me,
Too much enclin'd to verse, and musick-playes ;
So farre credulitie and youth had brought me,
   I sang sad Telethusa's frustrate plaint,
And rustick Daphnis wrong, and magick's vain
     restraint :

10.

And then appeas'd young Myrtilus, repining
At generall contempt of shepherd's life ;

---

1 Undervalue, depreciate.   I may be permitted to refer
to the important bearing of the use of the word 'defame'
in rebutting Bishop Patrick's preposterous charge against
the Puritans of having corrupted Sibbes' 'Soul's Con-
flict ' See my Sibbes, Vol. I., pp. 290—293 and specially
page 292 c.   G.

And rais'd my rime to sing of Richard's climbing;
And taught our Chame to end the old-bred strife,
Mythicus claim to Nicias resigning :[1]
  The while his goodly Nymphs with song
    delighted,
My notes with choicest flowers and garlands sweet
    requited.

11.

From thence a Shepherd great, pleas'd with my
    song,
Drew me to Basilissa's Courtly place :
Fair Basilissa, fairest maid among
The Nymphs that white-cliffe Albion's forrests
    grace.
Her errand drove my slender bark along

---

1 See Memoir, as before, for the importance of these
allusions to his Father's poetry. I have since discovered
that in the British Museum copy of this volume, formerly
in the possession of W. Thompson of Oxford, he has written
a note here to this effect: 'I have a vol. of Latin poems
in 4to in the author's own MSS. dedicated to ....' Un-
fortunately the binder has cut away what follows. But
here is additional confirmation of our argument in the
Memoir, inasmuch as Thompson recognized the MS. as in
the handwriting of Dr. Giles Fletcher. G.

The seas, which wash the fruitfull German's
    land,
And-swelling Rhene,[1] whose wines run swiftly o're
    the sand.

12.

But after-bold'ned with my first successe,
I durst assay the new-found paths, that led
To slavish Mosco's dullard sluggishnesse;
Whose slothfull Sunne all Winter keeps his bed,
But never sleeps in Summer's wakefulnesse:
    Yet all for nought : another took the gain :
Faitour,[2] that reapt the pleasure of another's pain!

13.

And travelling along the Northern plains,
At her command I past the bounding Twead,[3]

---

1 Rhine: usually spelled as here, by contemporaries
Rhene, *e.g.* Bishop Hall in his Satires, as before :
   "The bordering Alps or else the neighbour *Rhene.*"
                            (xii., 244.)
So DONNE, as before :
     "The sea receives the Rhene."....(p. 72.)
Similarly in Psyche, as before : ·
    " Hydaspes, Tanais, Rhone, Rhene."... (ii. 238.) G.
   2 = deceiver. G.
   3 Tweed. G.

And liv'd a while with Caledonian swains:
My life with fair Amyntas there I led :
Amyntas fair, whom still my sore heart plains.
    Yet seem'd he then to love, as he was loved;
But (ah!) I fear, true love his high heart never
        proved.

14.

And now he haunts th' infamous[1] woods and
        downs,
And on Napæan Nymphs doth wholly dote :
What cares he for poore Thelgon's plaintfull
        sounds ?
Thelgon, poore master of a poorer boat.[2]
Janus is crept from his wont prison-bounds,
    And sits the porter to his care and minde :
What hope, Amyntas' love, a fisher-swain should
        finde ?

15.

Yet once he said,—which I, then fool, beleev'd—
(The woods of it, and Damon witnesse be!)
When in fair Albion's fields he first arriv'd :

---

1 Recalls Horace's *infames scopulos* Acroceraunia : Od.
1. 3. 20.

    2 Cf. Sannazar : Ecl. 2.   G.

When I forget true Thelgon's love to me,
The love which ne're my certain hope deceiv'd :
  The wavering Sea shall stand and rocks remove :
He said, and I beleev'd : so credulous is love.

16.

You steady rocks, why still do you stand still ?
You fleeting waves, why do you never stand ?[1]
Amyntas hath forgot his Thelgon's quill ;
His promise, and his love are writ in sand :
But rocks are firm, though Neptune rage his fill ;
  When thou, Amyntas, like the fire-drake[2]
    rangest :
The Sea keeps on his course, when like the winde
    thou changest.

17.

Yet as I swiftly sail'd the other day,
The setled rock seem'd from his seat remove,
And standing waves seem'd doubtfull of their way,
And by their stop thy wavering reprove :
Sure either this thou didst but mocking say,
  Or else the rock and Sea had heard my plaining.
But thou (ay me !) art onely constant in disdaining.

---

1 Cf. Sicelides—Act III. sc. 6. G.

2 Swamp-meteor, or *ignis fatuus* : See Additional Notes
at end. G.

18.

Ah ! would thou knew'st how much it better were
To 'bide among the simple fisher-swains :
No shrieching owl, no night-crow lodgeth here ;
Nor is our simple pleasure mixt with pains :
Our sports begin with the beginning yeare,
    In calms to pull the leaping fish to land,
In roughs to sing, and dance along the golden
        sand.

19.

I have a pipe, which once thou loved'st well,
(Was never pipe that gave a better sound !)
Which oft to heare fair Thetis from her cell,
Thetis the Queen of Seas,—attended round
With hundred Nymphs and many powers that
        dwell
    In th' Ocean's rocky walls,—came up to heare ;
And gave me gifts, which for thee lie hoarded here.

20.

Here with sweet bayes the lovely myrtils grow,
Where th' Ocean's fair cheekt maidens oft repair ;
Here to my pipe they dancen on a row :
No other swain may come to note their[1] fair ;

---

1 = they're, they are ?   G.

Yet my Amyntas there with me shall go.
  Proteus himself pipes to his flocks hereby,
Whom thou shalt heare, ne're seen by any jealous
    eye.

21.

But (ah!) both me and fishers he disdains,
While I sit piping to the gadding[1] winde,
Better that to the boysterous Sea complaines;
Sooner fierce waves are moov'd then his hard mind
I'le to some rock farre frome our common mains;[2]
  And in his bottome learn forget my smart,
And blot Amyntas' name from Thelgon's wretched
    heart.[3]

22.

So up he rose, and lanch't into the deep;
Dividing with his oare the surging main,
Which dropping seem'd with teares his case to
    weep;
The whistling windes joyn'd with the Seas to plain,
And o're his boat in whines lamenting creep.
  Nought feared he fierce Ocean's watry ire,
Who in his heart of grief and love felt equall fire.

---

1 'Going about = canging. G.
2 Seas. G.
3 Cf. Theocritus: Idyll 3. G.

Eclogue II.[1]

THIRSIL.

Dorus, Myrtilus, Thomalin, Thirsil.

1.

Dorus.

MYRTILL, why idle sit we on the shore?
    Since stormy windes, and waves' intestine
        spite
Impatient rage of sail or bending oare;
Sit we and sing, while windes and waters fight;
And carol lowd of love and love's delight.

2.

Myrtilus.

Dorus, ah rather stormy seas require
With sadder song the tempest's rage deplore:
In calms let's sing of love and lovers' fire.

---

1 See our Memoir Vol I., lxxxi—lxxxviii for the biographic worth of this Eclogue. I may repeat here that 'Dorus' is John Fletcher's—our Poet's cousin's name—for SPENSER. Thomalin re-appears later as 'Tomalin' in Andrew Marvell. Cf the second of the Two Songs on the Lord Fauconberg and the Lady Mary Cromwell wherein the interlocutors are Hobbinol, Phillis and Tomalin. G.

Tell we how Thirsil late our seas forswore,
When forc't he left our Chame, and desert shore.

3.

Dorus.

Now as thou art a lad, repeat that lay;
Myrtil, his songs more please my ravisht eare,[1]
Then rumbling brooks that with the pebles play,
Then murmuring seas broke on the banks to heare,
Or windes on rocks their whistling voices teare.[2]

4.

Myrtilus.

Seest thou that rock, which hanging o're the main
Looks proudly down? there as I under-lay,
Thirsil with Thomalin I heard complain,
Thomalin, (who now goes sighing all the day)
Who thus 'gan tempt his friend with Chamish
        boyes to stay.

5.

Thomalin.

Thirsil, what wicked chance, or lucklesse
        starre
From Chamus' streams removes thy boat and minde?

---

1 Cf. Virgil, Buc: Ecl 5. G.
2 Cf. Giles Fletcher, c. iii, 2. G.

Farre hence thy boat is bound, thy minde more
    farre;
More sweet or fruitfull streames where canst thou
    finde?
Where fisher-lads, or nymphs more fair, or kinde?
  The Muses' selves sit with the sliding Chame:
  Chame and the Muses' selves do love thy name.
Where thou art lov'd so dear, so much to hate is
    shame.

6.

Thirsil.

The Muses me forsake, not I the Muses;
Thomalin, thou know'st how I them honour'd ever:
Not I my Chame, but me proud Chame refuses:
His froward spites my strong affections sever;
Else, from his banks could I have parted never.
  But like his swannes, when now their fate is
    nigh,[1]
  Where singing sweet they liv'd, there dead
    they lie;
So would I gladly live, so would I gladly die.

---

1 Cf Ovid, Epist:
    ' Sic ubi fata vocant, udis abjectus in herbis
    Ad vada Meandri concinit albus olor '
and Plato in Phædon. Cf. Vol i. p cciii. G.

7.

His stubborn hands my net hath broken quite:
My fish-—the guerdon of my toil and pain—
He causelesse seaz'd, and with ungratefull spite
Bestow'd upon a lesse deserving swain :
The cost and labour mine, his all the gain.
  My boat lies broke; my oares crackt and gone :
  Nought ha's he left me, but my pipe alone,
Which with his sadder notes may help his master
    moan.

8.

Thomalin.

Ungratefull Chame ! how oft thy Thirsil crown'd
With songs and garlands thy obscurer head
That now thy name through Albion loud doth
    sound.
Ah foolish Chame ! who now in Thirsil's stead
Shall chant thy praise, since Thelgon's lately dead?
  He whom thou lov'st, can neither sing, nor play;
  His dusty pipe, scorn'd, broke, is cast away :
Ah foolish Chame! who now shall grace thy
    holy-day.

9.

Thirsil.

Too fond my former hopes ! I still expected
With my desert his love should grow the more :

Ill can he love, who Thelgon's love rejected,
Thelgon, who more hath grac'd his gracelesse shore,
Then any swain who ever sang before.
  Yet Gripus he prefer'd, when Thelgon strove :
  I wish no other curse he ever prove ;
Who Thelgon causelesse hates, still may he Gripus
      love.

10.

Thomalin.

Thirsil, but that so long I knew thee well,
I now should think thou speak'st of hate or spite :
Can such a wrong with Chame or Muses dwell,
That Thelgon's worth and love with hate they
      'quite ?

Thirsil.

Thomalin, judge thou ; and thou that judgest
      right,
  Great King of Seas, (that grasp'st the Ocean)
      heare,
  If ever thou thy Thelgon lovedst deare :
Though thou forbear a while, yet long thou cans't
      not bear.

11.

When Thelgon here had spent his prentise-yeares,
Soon had he learnt to sing as sweet a note,

As ever strook the churlish Chamus eares :
To him the river gives a costly boat,
That on his waters he might safely float, .
    The songs reward, which oft unto his shore
    He sweetly tun'd : Then arm'd with sail and
       oare,
Dearely the gift he lov'd, but lov'd the giver more.

12.

Scarce of the boat he yet was full possest,
When, with a minde more changing then his wave,
Again bequeath'd it to a wand'ring guest,
Whom then he onely saw ; to him he gave
The sails and oares : in vain poore Thelgon strave,
    The boat is under sail, no boot[1] to plain :
    Then banishst him, the more to eke his pain,
As if himself were wrong'd and did not wrong
      the swain.

13.

From thence he furrow'd many a churlish sea,
The viny Rhene[2] and Volgha's[3] self did passe,
Who sleds doth suffer on his watry lea,
And horses trampling on his ycie face :

---

1 'No help for it ' = remedy.   G.
2 Rhine, as before G.   3 Volga. G.

Where Phœbus prison'd in the frozen glasse,
  All Winter cannot move his quenchèd light,
  Nor in the heat will drench his chariot bright :
Thereby the tedious yeare is all one day and night.

14.

Yet little thank and lesse reward he got :
He never learn'd to sooth the itching care :
One day (as chanc't) he spies that painted boat,
Which once was his : though his of right it were,
He bought it now again, and bought it deare.
  But Chame to Gripus gave it once again,
  Gripus the basest and most dung-hil swain,[1]
That ever drew a net or fisht in fruitfull main.[2]

15.

Go now, ye fisher-boyes, go learn to play,
To play, and sing along your Chamus shore :
Go watch and toyl, go spend the night and day,
While windes and waves, while storms and tem-
    pests roar;
And for your trade consume your life and store :

---

1 So HENRY MORE, ('Philosophical Poems' 1647)
"Foul shame on him, quoth I, that shameful thought
 Doth entertain within his dunghill breast." (p 307) G.
  2 Sea. G.

Lo your reward; thus will your Chamus use
    you.
Why should you plain, that lozel[1] swains refuse
    you?
Chamus good fishers hates, the Muses selves
    abuse you.

16.

Thomalin.

Ah Thelgon, poorest but the worthiest swain,
That ever grac't unworthy povertie!
How ever here thou liv'dst in joylesse pain,
Prest down with grief and patient miserie;
Yet shalt thou live when thy proud enemie
    Shall rot, with scorn and base contempt opprest.
    Sure now in joy thou safe and glad doth rest,
Smil'st at those eager foes, which here thee so
    molest.

17.

Thirsil.

Thomalin, mourn not for him: he's sweetly
    sleeping
In Neptune's court, whom here he sought to
    please?

---

1 'Scoundrel', lewd. G.

While humming[1] rivers by his cabin creeping,
Rock soft his slumbering thoughts in quiet ease :
Mourn for thy-self, here windes do never cease ;
    Our dying life will better fit thy crying :
    He softly sleeps, and blest is quiet lying.
Who ever living dies, he better lives by dying.[2]

18.

Thomalin.

Can Thirsil then our Chame abandon ever?
And never will our fishers see again ?
Thirsil.
Who 'gainst a raging stream doth vain endeavour
To drive his boat, gets labour for his pain :
When fates command to go, to lagge is vain.
    As late upon the shore I chan'ct to play,
    I heard a voice, like thunder, lowdly say,
Thirsil, why idle liv'st ? Thirsil, away, away !

19.

Thou God of Seas, Thy voice I gladly heare ;
Thy voice (Thy voice I know) I glad obey :

---

1 ‘ Strong ’ = noisy or sounding. Cf Milton, P. R iv.
17.   See our Essay, Vol. I p ccxcix.   G.
  2 Cf. ‘ Sicelides ’ (Act. i., sc. 4): “ dies to vice ; thus
lives by dying.”   G.

Onely do Thou my wand'ring whirry[1] steer;
And when it erres, (as it will eas'ly stray)
Upon The Rock with hopefull anchor stay.
    There will I swimme, where's either sea or shore
    Where never swain or boat was seen afore:
My trunk shall be my boat, my arm shall be my
        oare.[2]

20.

Thomalin, me-thinks I heare thy speaking eye
Woo me my posting journey to delay:
But let thy love yeeld to necessitie:
With thee, my friend, too gladly would I stay,
And live and die: were Thomalin away,
    (Though now I half unwilling leave his stream)
    However Chame did Thirsil lightly deem,

---

1 Wherry = boat. G.

2 Good old Thomas Dugard, the friend of John Trapp
the Puritan Commentator, furnishes a quaint parallel to
this in his " Blind Eye Opened " (1641) " A sea-faring
man, though a tempest shatter his ship and the ocean
swallow his estate and with much adoe *the oares of his
armes* waft him to the shore..is a man still." (pp 73, 74)
Henry More also, as before, says:
    " To row with mine own arms in liquid skie
      As oft men do in their deceiuing sleep." (p. 324.) G.

Yet would thy Thirsil lesse proud Chamus' scorns,
    esteem.

21.

Thomalin.

Who now with Thomalin shall sit and sing?[1]
Who left to play in lovely myrtils' shade?
Or tune sweet ditties to as sweet a string?
Who now those wounds shall 'swage in covert
    glade,
Sweet-bitter wounds which cruel love hath made?
  You fisher-boyes and sea-maids dainty crue
  Farewell; for Thomalin will seek a new
And more respectfull stream : ungratefull Chame
    adieu!

22.

Thirsil.

Thomalin, forsake not thou the fisher-swains,
Which hold thy stay and love at dearest rate :
Here may'st thou live among their sportfull trains,
Till better times afford thee better state :
Then mayst thou follow well thy guiding fate :
  So live thou here, with peace and quiet, blest;
So let thy sweetest foe recure thy wounded breast.

---

1 Cf. Virgil, Buc. Ecl. 9.   G.

23.

But thou, proud Chame, which thus hast wrought
    me spite,
Some greater river drown thy hatefull name :
Let never myrtle on thy banks delight,
But willows pale, the badge of spite and blame,
Crown thy ungratefull shores with scorn and
    shame.
    Let dirt and mud thy lazie waters seise,
    Thy weeds still grow, thy waters still decrease :
Nor let thy wretched love to Gripus ever cease.

24.

Farewell ye streames, which once I lovèd deare :
Farewell ye boyes, which on your Chame do
    float ;
Muses, farewell, if there be Muses here ;
Farewell my nets, farewell my little boat :
Come sadder pipe, farewell my merry note :
    My Thomalin, with thee all sweetnesse dwell ;
    Think of thy Thirsil, Thirsil loves thee well.
Thomalin, my dearest deare, my Thomalin, fare-
    well.[1]

---

1 Cf. Theocritus, Idyll 1, and Virgil, Buc. Ecl. 1. G.

25.

Dorus.

Ah haplesse boy, the fishers' joy and pride !
Ah wo is us we cannot help thy wo !
Our pity vain : ill may that swain betide,
Whose undeservèd spite hath wrong'd thee so.
Thirsil, with thee our joy and wishes go.

26.

Myrtilus.

Dorus, some greater power prevents thy curse :
So vile, so basely lives that hatefull swain ;
So base, so vile, that none can wish him worse.
But Thirsil much a better state doth gain,
For never will he finde so thanklesse main.[1]

---

1 'Sea' G.

Eclogue III.

MYRTILUS.

1.

A Fisher-lad (no higher dares he look)
Myrtil, fast down by silver Medwaye's
    shore :
His dangling nets (hung on the trembling oare)
Had leave to play : so had his idle hook,
While madding[1] windes the madder Ocean shook.
  Of Chamus had he learnt to pipe and sing,
  And frame low ditties to his humble string.

2.

·There as his boat late in the river stray'd,
A friendly fisher brought the boy to view
Cælia the fair, whose lovely beauties drew
His heart from him into that heavn'ly maid :
There all his wandring thoughts, there now they
    staid.
  All other fairs, all other love defies,
  In Cælia he lives, for Cælia dies.

---

1 'To run madly' or furiously : Cf Milton, P.L. vi.
210 G.

3.

Nor durst the coward woo his high desiring,
(For low he was, lower himself accounts ;
And she the highest height in worth surmounts)
And sits alone in Hell, his Heav'n admiring,
And thinks with sighs to fanne, but blows his
    firing.
  Nor does he strive to cure his painfull wound ;
  For till this sicknesse never was he sound.

4.

His blubber'd face was temper'd to the day ;
All sad he look't, that sure all was not well ;
Deep in his heart was hid an heav'nly hell ;
Thick clouds upon his watrie eye-brows lay,
Which melting showre and showring never stay :
  So sitting down upon the sandy plain,
  Thus 'gan he vent his grief and hidden pain.

5.

You sea-born maids that in the Ocean reigne,
(If in your courts is known Love's matchlesse
    power,
Kindling his fire in your cold watry bower)
Learn by your own to pity others pain.
Tryphon, that know'st a thousand herbs in vain,

But know'st not one to cure a love-sick heart,[1]
See here a wound that farre outgoes thy art.

6.

Your stately Seas (perhaps with Love's fire) glow,
And over-seeth their banks with springing tide;
Mustring their white-plum'd waves with lordly
    pride,
They soon retire, and lay their curl'd heads low;
So sinking in themselves they backward go.
  But in my breast full seas of grief remain,
    Which ever flow and never ebbe again.

7.

How well, fair Thetis, in thy glasse I see,
As in a crystal, all my raging pains!
Late thy green fields slept in their even plains,
While smiling heav'ns spread round a canopie:
Now tost with blasts and civil enmitie,
  While whistling windes blow trumpets to their
    fight,
  And roaring waves, as drummes, whet on their
    spite.

---

1 ....Herbarum subjecta potentia nobis :
  Hei mihi, quod nullis amor est medicabilis herbis.
                 Ovid, Met : Apoll. et Daph. G.

8.

Such cruel stormes my restles heart command :
Late thousand joyes securely lodgèd there,
Ne fear'd I then to care, ne car'd to fear ;
But pull'd the prison'd fishes to the land,
Or (spite of windes) pip't on the golden sand :
    But since Love sway'd my breast, these Seas
        alarms
    Are but dead pictures of my raging harms.

9.

Love stirres desire ; desire like stormy winde,
Blows up high-swelling waves of hope and fear :
Hope on his top my trembling heart doth bear
Up to my heav'n, but straight my lofty minde
By fear sunk in despair deep drown'd I finde.
    But (ah !) your tempests cannot last for ever;
    But (ah !) my storms (I fear) will leave me
    never.

10.

Haples[1] and fond ![2] too fond, more haples swain,
Who lovest where th' art scorn'd, scorn'st where
       th' art loved :
Or learn to hate, where thou hast hatred proved ;

---

1 Hapless. G.   2 Foolish. G.

Or learn to love, where thou art lov'd again :
Ah cease to love or cease to woo thy pain.
   Thy love thus scorn'd is Hell : do not so earn it,
   At least learn by forgetting to unlearn it.

11.

Ah fond, and haples swain ! how much more fond,
How can'st unlearn by learning to forget it,
When thought of what thou should'st unlearn
   does whet it,
And surer ties thy minde in captive bond ?
Can'st thou unlearn a ditty thou hast cou'd ?
   Can'st thou forget a song by oft repeating ?
   Thus much more wilt thou learn by thy for-
    getting.[1]

12.

Haplesse and fond ! most fond, most haplesse swain
Seeing thy rooted love will leave thee never,
(She hates thy love) love thou her hate for ever :
In vain thou hop'st, hope yet, though still in vain .
Joy in thy grief and triumph in thy pain :
   And though reward exceedeth thy aspiring,
   Live in her love and die in her admiring.

13.

Fair-cruel maid, most cruel, fairer ever,

---

1 Cf. Sicelides, Act ii., se. 2, and Act i., sc. 4. G.

How hath foul rigour stol'n into thy heart?
And on a comick stage hath learnt the¹ art
To play a tyrant-tragical deceiver?
To promise mercy, but perform it never?
  To look more sweet, mask't in thy looks' disguise,
  Then Mercy'[s] self can look with Pitie's eyes?

14.

Who taught thy honied tongue the cunning slight,²
To melt the ravisht eare with musick's strains?
And charm the sense with thousand pleasing pains;
And yet, like thunder roll'd in flames and night,
To break the rivèd heart with fear and fright?
  How rules therein thy breast so quiet state,
  Spite leagu'd with Mercy, Love with loveless
    Hate?

15.

Ah no, fair Cœlia, in thy sunne-like eye
Heav'n sweetly smiles; those starres' soft loving
    fire,
And living heat, not burning flames inspire:
Love's self enthron'd in thy brow's ivorie,
And every grace in heaven's liverie:
  My wants, not thine, me in despairing drown:
  When Hell presumes, no mar'l if Heavens frown.

---

1 Misprinted 'thee'.　G　　　2 Sleight: craft　G.

16.

Those gracefull tunes, issuing from glorious
　　　spheares,
Ravish the eare and soul with strange delight,
And with sweet nectar fill the thirsty sprite ;
Thy honied tongue, charming the melted cares,
Stills stormy hearts, and quiets frights and fears :
　My daring heart provokes thee ; and no wonder,
　When Earth so high aspires, if heavens thunder.

17.

See, see, fair Cœlia, Seas are calmly laid,[1]
And end their boisterous threats in quiet peace ;
The waves their drummes, the windes their trum-
　　　pets cease :
But my sick love (ah love full ill apayd !)
Never can hope his stormes may be allay'd ;
　But giving to his rage no end or leisure,
　Still restles rests : Love knows no mean or mea-
　　sure.

18.

Fond boy, she justly scorns thy proud desire,
While thou with singing would'st forget thy pain ;

---

1 Cf. Theocritus, Idyll. 2.　G.

Go strive to empty the still-flowing main :
Go fuell seek to quench thy growing fire :
Ah foolish boy ! scorn is thy musick's hire.
  Drown then these flames in seas : but (ah !) I fear
  To fire the main, and to want water there.

19.

There first thy Heav'n I saw, there felt my Hell;
There smooth-calm seas rais'd storms of fierce
      desires ;
There cooling waters kindled burning fires,
Nor can the Ocean quench them: in thy cell
Full stor'd with pleasures, all thy pleasures fell.
  Die then, fond lad : ah, well my death may
      please thee :
  But love, (thy love,) not life, not death, must
      ease me.

20.

So down he swowning sinks ; nor can remove,
Till fisher-boyes (fond fisher-boyes) revive him,
And back again his life and loving give him :
But he such wofull gift doth much reprove :
Hopelesse his life, for hopelesse is his love.
  Go then, most loving, but most dolefull swain :
  Well may I pitie ; she must cure thy pain.

Eclogue IV.

CHROMIS.

Thelgon. Chromis.

1.

HROMIS my joy, why drop thy rainie eyes?
    And sullen clouds hang on thy heavie brow?
    Seems that thy net is rent, and idle lies;
Thy merry pipe hangs broken on a bough :
    But late thy time in hundred joyes thou spent'st;
    Now Time spends thee, while thou in vain
        lament'st.

2.

Chromis.

Thelgon, my pipe is whole, and nets are new :
But nets and pipe contemn'd, and idle lie :
My little reed, that late so merry blew,
Tunes sad notes to his master's miserie :
    Time is my foe, and hates my rugged rimes :
    And I as much hate both that hate, and Time's.

3.

Thelgon.

What is it then that causeth thy unrest ?
Or wicked charms ? or love's new-kindled fire ?

Ah! much I fear Love eats thy tender breast;
Too well I know his never quenchèd ire
  Since I Amyntas lov'd, who me disdains,
  And loves in me nought but my grief and pains.

4.

Chromis.

No lack of love did ever breed my smart :
I onely learn'd to pity others' pain,
And ward my breast from his deceiving art :
But one I love, and he loves me again :
  In love this onely is my greatest sore,
  He loves so much, and I can love no more.

5.

But when the fisher's trade, once highly priz'd,
And justly honour'd in those better times,
By every lozel[1]-groom I see despis'd ;
No marvel if I hate my jocond rimes,
  And hang my pipe upon a willow bough :
  Might I grieve ever, if I grieve not now ?

6.

Thelgon.

Ah foolish boy! why should'st thou so lament
To be like him, whom thou dost like so well ?

---

1 'Scoundrel' 'lewd' as before. **G.**

The Prince of fishers thousand tortures rent.
To Heav'n, lad, thou art bound ; the way by Hell.
  Would'st thou ador'd, and great and merry be,
  When He was mock't, debas'd, and dead for thee ?

7.

Mens scorns should rather joy then sorrow move ;
For then thou highest art, when thou art down.
Their storms of hate should more blow up my
    love ;
Their laughter's my applause, their mocks my
    crown.
  Sorrow for Him, and shame let me betide,
  Who for me wretch, in shame and sorrow, died.

8.

Chromis.

Thelgon 'tis not my self for whom I plain,
My private losse full easy could I bear,
If private losse might help the publick gain :
But who can blame my grief or chide my fear,
  Since now the fisher's trade and honour'd name
  Is made the common badge of scorn and shame ?

9.

Little know they the fisher's toilsome pain,

Whose labour with his age, still growing, spends
   not :
His care and watchings (oft mispent in vain)
The early morn begins, dark evening ends not.
  Too foolish men, that think all labour stands
  In travell of the feet and tir'd hands!

10.

Ah wretched fishers! born to hate and strife ;
To others good but to your rape and spoil !
This is the briefest summe of fisher's life,
To sweat, to freeze, to watch, to fast, to toil,
  Hated to love, to live despis'd, forlorn,
  A sorrow to himself, all others scorn.

11.

Thelgon.

Too well I know the fisher's thanklesse pain,
Yet bear it cheerfully, nor dare repine.
To grudge at losse is fond,[1] (too fond and vain)
When highest causes justly it assigne.
  Who bites the stone, and yet the dog condemnes,
  Much worse is then the beast he so contemnes.

12.

Chromis, how many fishers dost thou know

---

1 Foolish, as before. G.

R

That rule their boats and use their nets aright ?
That neither winde nor time nor tide, foreslow ?
Such some have been but (ah !) by tempests' spite
   Their boats are lost; while we may sit and
      moan,
   That few were such, and now those few are
      none.

13.

Chromis.

Ah cruel spite, and spitefull crueltie,
That thus hath robb'd our joy, and desert shore !
No more our seas shall heare your melodie ;
Your songs and shrilling[1] pipes shall sound no
   more
   Silent our shores, our Seas are vacant quite,
   Ah spitefull crueltie, and cruel spite !

14.

Thelgon.

Instead of these a crue of idle grooms,
Idle and bold, that never saw the Seas,
Fearlesse succeed, and fill their empty rooms :
Some lazy live, bathing in wealth and ease :
   Their floating boats with waves have leave to
      play,
   Their rusty hooks all yeare keep holy-day.

---

1 Piercing, as before.   G

15.

Here stray their skiffes, themselves are never here,
Ne'er saw their boats : mought they fishers be :
Mean time some wanton boy the boat doth steer,
(Poor boat the while !) that cares as much as he :
  Who in a brook a whirry[1] cannot row,
  Now backs the Seas, before the Seas he know.

16.

Chromis.

Ah foolish lads, that think with waves to play,
And rule rough Seas, which never knew command!
First in some river thy new skill assay,
Til time and practice teach thy weakly hand :
  A thin, thin plank keeps in thy vitall breath :
  Death ready waits.   Fond boyes, to play with
    death !

17.

Thelgon.

Some stretching in their boats, supinely sleep,
Seasons in vain recall'd, and windes neglecting :
Others their hooks and baits in poison steep,
Neptune himself with dreadful drugges infecting

---

1 Wherry   boat, as before.   G.

The. fish their life and death together drink,
And dead pollute the seas with venom'd stink.

18.

Some teach to work, but have no hands to row :
Some will be eyes, but have no light to see :
Some will be guides, but have no feet to go :
Some deaf, yet eares ; some dumbe, yet tongues
    will be :
    Dumbe, deafe, lame, blinde, and maim'd ; yet
      fishers all :
    Fit for no use, but store an hospital.

19.

Some greater, scorning now their narrow boat,
In mighty hulks and ships (like courts) do dwell ;
Slaving the skiffes that in their Seas do float ;
Their silken sails with windes do proudly swell :
    Their narrow bottoms stretch they large and
      wide,
    And make full room for luxurie and pride.

20.

Self did I see a swain not long ago,
Whose lordly ship kept all the rest in aw :
About him thousand ships do waiting row ;
His frownes are death, his word is firmest law ;

While all the fisher-boyes their bonnets vail, ●
And farre adore their lord with strucken[1] sail.

21.

His eare is shut to simple fisher swain.
For Gemma's self (a sea-nymph great and high)
Upon his boat attended long in vain :
What hope, poore fisher-boy may come him nigh ?
    His speech to her and presence he denied.
    Had Neptune come, Neptune he had defied.

22.

Where Tyber's[2] swelling waves his banks o'reflow,
There princely fishers dwell in courtly halls :
The trade they scorn, their hands forget to row ;
Their trade, to plot their rising, others falls ;
    Into their Seas to draw the lesser brooks,
    And fish for steeples high with golden hooks.

23.

Chromis.

Thelgon how canst thou well that fisher blame,
Who in his art so highly doth excell,
That with himself can raise the fisher's name ?

---

1 So the word is spelled in Purple Island, c. i., st.
82. G.   2 Tiber. G.

Well may he thrive, that spends his art so well.
  Ah, little needs their honour to depresse :
  Little it is ; yet most would have it lesse.

24.

Thelgon.

Alas poore boy! thy shallow-swimming sight
Can never dive into their deepest art ;
Those silken shews so dimme thy dazel'd sight.
Could'st thou unmask their pomp, unbreast their
        heart,
    How would'st thou laugh at this rich beggerie!
    And learn to hate such happy misery !

25.

Panting Ambition spurres their tirèd breast:
Hope chain'd to Doubt, Fear linkt to Pride and
        Threat,
(Two[1] ill yok't pairs!) give them no time to rest;
Tyrants to lesser boats, slaves to the great.
    That man I rather pity then adore,
    Who fear'd by others much, fears others more.

26.

Most cursèd town, where but one tyrant reignes :
(Though lesse his single rage on many spent)

---

1 Misprinted 'too.   G.

But much more miserie that soul remains,
When many tyrants in one heart are pent:
  When thus thou serv'st, the comfort thou can'st
    have
From greatnesse is, thou art a greater slave.

27.

Chromis.

Ah wretched swains, that live in fishers' trade;
With inward griefs and outward wants distressed;
While every day doth more your sorrow lade;
By others scorn'd and by yourselves oppressed!
  The great the greater serve, the lesser these:
  And all their art is how to rise and please.

28.

Thelgon.

Those fisher-swains from whom our trade doth
    flow,
That by the King of Seas their skill was taught;
As they their boats on Jordan wave did row,
And catching fish, were by a Fisher caught;
  (Ah blessed chance! much better was the trade,
  That being fishers, thus were fishes made.¹)

---

1 Cf. Apollyonists c iii. st. 21st and relative note.   G.

29.

Those happy swains, in outward shew unblest,
Were scourg'd, were scorn'd ; yet was this losse
    their gain :
By land, by sea, in life, in death, distrest ;
But now with King of Seas securely reigne :
  For that short wo in this base earthly dwelling,
  Enjoying joy all excellence excelling.

30.

Then do not thou, my boy, cast down thy minde,
But seek to please with all thy busie care
The King of Seas ; so shalt thou surely finde
Rest, quiet, joy, in all this troublous fare.
  Let not thy net, thy hook, thy singing cease :
  And pray these tempests may be turn'd to
  peace.

31.

Oh Prince of waters, Soveraigne of seas,
Whom stormes and calms, Whom windes and
    waves obey ;
If ever that great Fisher did Thee please,
Chide Thou the windes, the furious waves allay :
  So on Thy shore the fisher-boys shall sing
  Sweet songs of peace to our sweet peace's King.

Eclogue v.

NICÆA.

Damon, Algon, Nicæa.

THE well known fisher-boy, that late his name,
    And place, and (ah for pity!) mirth had
changed;
Which from the Muse's spring[1] and churlish
    Chame
Was fled, (his glory late, but now his shame:
For he with spite the gentle boy estranged)
Now 'long the Trent with his new-fellows ranged:
    There Damon (friendly Damon) met the boy,
    Where lordly Trent kisses the Darwin coy,
Bathing his liquid streams in lovers' melting joy.

2.

Damon.

Algon, what lucklesse starre thy mirth hath
    blasted?
My joy, in thee, and thou in sorrow drown'd.
The yeare with Winter-storms all rent and wasted
Hath now fresh youth and gentler Seasons tasted:

---

1 Well, fountain, as before. G.

The warmer sunne his bride hath newly gown'd,
With firie arms clipping the wanton ground,
　　And gets an heav'n on earth : that primrose
　　　there,
　　Which 'mongst those violets sheds his golden
　　　hair,
Seems the sunnes little sonne, fixt in his azure
　　sphearc.[1]

3.

See'st how the dancing lambes on flowrie banks
Forget their food, to minde their sweeter play ?

---

1 Cf. Lines to BENLOWES in prefatory Note, *ante* and
Purple Island, c. I., st. 45th.   See also Essay, Vol. I p.
cclxxiii.   In addition I give here from Dr. DONNE, (Poems
1650) a double parallel to the text.   Of " The primrose,
being at Montgomery Castle, upon the hill upon which it
is situate " we have this :
　　　　　" Upon this primrose hill
　　　　　Where, if Heaven would distill
　　A showre of raine, each severall drop might goe
　　To his owne primrose, and grow manna so:
　　And where their form, and their infinitie
　　Make a terrestiall Galaxie." (p 51.)
Again of 'sun' and 'son' in the last line on the Ascen-
　　　sion :
　　　　　" Salute the last and ever lasting day
　　　　　Joy at the uprising of the Sunne and Sonne "
(p 316)　G.

See'st how they skip, and in their wanton pranks
Bound o'er the hillocks, set in sportfull ranks?
They skip, they vault; full little caren they
To make their milkie mother's bleating stay.
　See'st how the salmons (water's colder nation)
　Lately arriv'd from their sea-navigation,
How joy leaps in their heart, shewn[1] by their
　　leaping fashion?

4.

What witch enchants thy minde with sullen mad-
　　nes?
When all things smile, thou only sitt'st com-
　　plaining.

Algon.

Damon, I, only I, have cause of sadnesse:
The more my wo, to weep in common gladnesse:
When all eyes shine, mine only must be raining;
No Winter now, but in my breast, remaining:
　Yet feels this breast a Summer's burning fever:

---

2 Misprinted 'shew' G.

3 Lord Woodhouselee, as before, here quotes Auson-
ius

　　" Nec tu punicco rutilantem viscere, Salmo,
　　Transcirim, latæ cujus vaga verbera caudæ
　　Gurgite de medio summas referuntur in undas." G.

And yet (alas!) my Winter thaweth never :
And yet (alas) this fire eats and consumes me ever.

5.

Damon.

Within our Darwin in her rockie cell
A nymph there lives, which thousand boys hath
    harm'd ;
All as she gliding rides the boats of shell,
Darting her eye (where Spite and Beauty dwell :
Ah me that Spite with Beautie should be arm'd !)
Her witching eye the boy and boat hath charm'd.
  No sooner drinks he down that poisonous eye,
    But mourns and pines : (ah piteous crueltie !)
With her he longs to live ; for her he longs to die.[1]

6.

Algon.

Damon, what Tryphon taught thine eye the art
By these few signes to search so soon, so well,
A wound deep hid , deep in my fester'd heart.
Pierc't by her eye, Love's and Death's pleasing
    dart ?
Ah, she it is, an earthly Heav'n and Hell,

---

1 Cf. Purple Island c vii. 25.   G.

Who thus hath charm'd my heart with sug'red spell.
  Ease thou my wound : but (ah !) what hand can
    ease,
Or give a medicine that such wound may please ?
When she my sole physician is my soul's disease ?

7.

Damon.

Poore boy ! the wounds which Spite and Love
    impart,
There is no ward to fence, no herb to ease.
Heav'ns circling folds lie open to his dart :
Hell's Lethe's self cools not his burning smart :
The fishes cold, flame with this strong disease,
And want their water in the mid'st of seas :
  All are his slaves, Hell, Earth, and Heav'n above :
  Strive not i' th' net, in vain thy force to prove :
Give, woo, sigh, weep, and pray : Love's only
    cur'd by love.[1]

---

1 *Love.* Cf. RUTTER's ' Shepheard's Holyday ' (1635) :
    " Beleeve Mirtillus never any love
    Was bought with other price then love alone,
    Since nothing is more precious then itselfe,
    It being the purest abstract of that fire,
    Which wise Prometheus first indu'd us with
    And he must love that would be lov'd againe."
                    (Act. I. sc. 2) G

8.

Algon.

If for thy love no other cure there be
Love, thou art cureles: gifts, prayers, vows, and
    art:
She scorns both you and me: nay Love, e'en thee:
Thou sigh'st her prisoner, while she laughs as free.
What-ever charms might move a gentle heart,
I oft have try'd and show'd the earnfull[1] smart,
    Which eats my breast: she laughs at all my
      pain:
    Art, prayers, vows, gifts, love, grief, she does
      disdain:
Grief, love, gifts, vows, prayers, art; ye all are
    spent in vain.

9.

Damon.

Algon, oft hast thou fish't, but sped not straight;
With hook and net thou beat'st the water round:

---

1 ═yearnfull i. e. sad, lamentable. Todd in his edn. of Johnson says that 'earnful' is a Kentish provincialism, which explains our Poet's use of it. Halliwell *s. v.* gives it as used in Sussex. Grose also assigns it to Kent ('Provincial Glossary'). See further, Ray's South and East Country Words p 65, edn. 1674. G.

Oft-times the place thou changest, oft the bait;
And catching nothing still, and still dost wait :
Learn by thy trade to cure thee : Time hath found
In desp'rate cures a salve for every wound.
  The fish long playing with the baited hook,
  At last is caught : thus many a nymph is took;
Mocking the strokes of Love is with her striking
    strook.

10.

Algon.

The marble's self is pierc't with drops of rain :
Fires soften steel and hardest metals try :
But she more hard than both : such her disdain,
That seas of tears, Ætnas of love are vain.
In her strange heart (weep I, burn, pine, or die)
Still reignes a cold, coy, carelesse apathie.
  The rock that bears her name,[1] breeds that hard
    stone
  With goat's bloud onely softned, she with none :
More precious she, and (ah !) more hard then dia-
    mond.

11.

That rock I think her mother : thence she took
Her name and nature.   Damon, Damon, see,

---

1 Nicea. G.

See where she comes, arm'd with a line and hook :
Tell me, perhaps thou think'st, in that sweet look,
The white is Beautie's native tapestrie ;
'Tis crystall (friend) y'ed[1] iu the frozen Sea :
   The red is rubies ; these two joyn'd in one,
    Make up that beauteous frame : the difference
      none
But this ; she is a precious, living, speaking stone.

12.

Damon.

No gemme so costly, but with cost is bought :
The hardest stone is cut, and fram'd by art :
A diamond hid in rocks is found, if sought :
Be she a diamond, a diamond's wrought.
Thy fear congeales, thy fainting steels, her heart.
I'le be thy captain, boy, and take thy part :
   Alcides' self would never combat two.
   Take courage Algon ; I will teach thee woo.
Cold beggars freez our gifts : thy faint suit breeds
    her no.

13.

Speak to her, boy. *Al.* Love is more deaf then
   blinde.

---

1 Iced = frozen. G.

Dam. She must be woo'd.   *Al.* Love's tongue is
   in the eyes.
Dam. Speech is Love's dart.   *Al.* Silence best
   speaks the minde.
Dam. Her eye invites.   *Al.* Thence love and
   death I finde.
Dam. Her smiles speak peace.   *Al.* Storms breed
   in smiling skies
Dam. Who silent loves?   *Al.* Whom speech all
   hope denies.
Dam. Why should'st thou fear?   *Al.* To Love,
   Fear's neare akinne.
   Dam. Well, if my cunning fail not, by a gin
(Spite of her scorn, thy fear) I'le make thee woo
   and winne.

14.

What, ho ! thou fairest maid, turn back thine oare,
And gently deigne to help a fisher's smart.
Nicæa.
Are thy lines broke ? or are thy trammels tore ?
If thou desir'st my help, unhide[1] the sore.
Ah gentlest Nymph, oft have I heard, thy art
Can soveraigne herbs to every grief impart :
   So mayst thou live the fisher's song and joy,

---

1 Uncover = hide not. See Note 8, at end. G.

s

As thou wilt deigne to cure this sickly boy.
Unworthy they of art who of their art are coy.

15.

His inward grief in outward change appeares;
His cheeks with sudden fires bright-flaming glow;
Which quencht, end all in ashes: stormies of teares
Becloud his eyes, which soon forc't-smiling cleares:
Thick tides of passions ever ebbe and flow:
And as his flesh still wastes, his griefs still grow.

Nicæa.

Damon, the wounds deep rankling in the minde
    What herb could ever cure? what art could finde?
Blinde are mine eyes to see wounds in the soul,
        most blinde.

16.

Algon.

Hard maid t'is worse to mock, then make a wound:
Why should'st thou then (fair-cruel) scorn to see
What thou by seeing mad'st? my sorrow's ground
Was in thy eye, may by thy eye be found.
How can thy eye most sharp in wounding be,
In seeing dull? these two are one in thee,
    To see and wound by sight: thy eye the dart.
    Fair-cruel maid, thou well hast learn'd the art,
With the same eye to see, to wound, to cure my
        heart.

17.

Nicæa. What cures thy wounded heart ? *Al.* Thy
    heart so wounded.
Nicæa. I'st love to wound thy love ? *Al.* Love's
    wounds are pleasing.
Nicæa. Why plain'st thou then ? *Al.* Because
    thou art unwounded.
Thy wound my cure : on this my plaint is
    grounded.

Nicæa.

Cures are diseases, when the wounds are easing :
    Why would'st thou have me please thee by dis-
        pleasing ?

Algon.

Scorn'd love is death ; Love's mutuall wounds
    delighting :
Happie thy love, my love to thine uniting.
Love paying debts grows rich ; requited in requit-
    ing.

18.

Damon.

What lives alone, Nicæa ? starres most chaste
Have their conjunctions, spheares their mixt em-
    braces,
And mutual folds. Nothing can single last :
But die in living, in increasing waste.

Nicæa.

Their joyning perfects them, but us defaees.

Algon.

That's perfect which obtains his end : your graces
   Receive their end in love. She that's alone
   Dies as she lives : no number is in one :
Thus while she's but her self, she's not her self,
   she's none.

19.

Nicæa.

Why blam'st thou then my stonie hard confection'
Which nothing loves ? thou single nothing art.

Algon.

Love perfects what it loves ; thus thy affection
Married to mine, makes mine and thy perfection.

Nicæa.

Well then, to passe our Tryphon in his art,
And in a moment cure a wounded heart ;
   If fairest Darwin, whom I serve, approve
   Thy suit, and thou wilt not thy heart remove ;
I'le joyn my heart to thine, and answer thee in love.

20.

The sunne is set ; adieu. *Algon*, 'Tis set to me ;
Thy parting is my ev'n, thy presence light.

Nicæa.

Farewell. *Al.* Thou giv'st thy wish; it is in thee:
Unlesse thou wilt, haplesse I cannot be.

Damon.

Come Algon, cheerly home; the theevish night
Steals on the world, and robs our eyes of sight.
  The silver streams grow black: home let us
    coast:
There of Love's conquest may we safely boast:
Soonest in love he winnes, that oft in love hath
    lost.

Eclogue VI.

THOMALIN.

Thirsil.   Thomalin.

1.

A FISHER-BOY that never knew his peer
    In daintie songs—the gentle Thomalin,
    With folded arms, deep sighs, and heavy
        cheer
Where hundred Nymphs, and hundred Muses inne[1]
Sunk down by Chamus brinks; with him his deare,
Dear Thirsil lay; oft times would he begin
    To cure his grief, and better way advise;
    But still his words, when his sad friend he spies,
Forsook his silent tongue, to speak in watrie eyes.

2.

Under a sprouting vine they carelesse lie,
Whose tender leaves bit with the Eastern blast,

---

1 So HENRY MORE ('Philosophical Poems' 1647):
  "Let's here take *inne* and rest our weary steeds."

(p. 16.)

So too Dr. DONNE, as before, (' Poems, 1650):
  "Tho sun .... is not contented at one signe to *inne*."

(p. 388.)

Cf. the Purple Island, c. i., st. 1. G.

But now were born, and now began to die;
The latter warnèd by the former's haste,
Thinly for fear salute the envious skie :
Thus as they sat, Thirsil embracing fast
   His lovèd friend, feeling his panting heart
   To give no rest to his increasing smart,
At length thus spake, while sighs words to his
   grief impart :

3.

Thirsil.

Thomalin, I see thy Thirsil thou neglect'st,
Some greater love holds down thy heart in fear;
Thy Thirsil's love and counsel thou reject'st ;
Thy soul was wont to lodge within my care :
But now that port no longer thou respect'st
Yet hath it still been safely harbour'd there.
   My care is not acquainted with my tongue,
   That either tongue or care should do thee wrong :
Why then should'st thou conceal thy hidden grief
   so long ?

4.

Thomalin.

Thirsil, it is thy love which makes me hide
My smother'd grief from thy known faithfull care :
May still my Thirsil, safe and merry 'bide ;

Enough is me my hidden grief to bear:
For while thy breast in hav'n doth safely ride,
My greater half with thee rides safely there.

Thirsil.

So thou art well; but still my better part,
　My Thomalin, sinks loaden with his smart:
Thus thou my finger cur'st and wound'st my
　　bleeding heart.

5.

How oft hath Thomalin to Thirsil vowed,
That as his heart, so he his love esteem'd!
Where are those oaths? where is that heart be-
　　stowed,
Which hides it from that breast which deare it
　　deem'd,
And to that heart room in his heart allowed?
That love was never love, but onely seem'd.
　Tell me, my Thomalin, what envious thief
　Thus robs thy joy: tell me, my liefest lief :[1]
Thou little lov'st me, friend, if more thou lov'st
　　thy grief.

---

1 Query—livingest life? or dearest dear?
So Bp. HALL, as before,
　　" And now he deems his home-bred fare as *lief.*
　As his parch'd biscuit.'　(Works XII. 245)
Here = *as lieve*, as dear, as pleasant: A. S. *leof.*　G.

6.

Thomalin.

Thirsil, my joyous Spring is blasted quite,
And Winter-storms prevent the Summer's ray:
All as this vine, whose green the Eastern spite
Hath di'd to black, his catching arms decay,
And letting go their hold for want of might,
Mar'l[1] Winter comes so soon, in first of May.

Thirsil.

Yet see the leaves do freshly bud again:
Thou drooping still di'st in this heavie strain:
Nor can I see or end, or cause, of all thy pain.

7.

Thomalin.

No marvel, Thirsil, if thou dost not know
This grief which in my heart lies deeply drown'd:
My heart itself, though well it feels his wo,
Knows not the wo it feels: the worse my wound,
Which though I rankling finde, I cannot show.
Thousand fond passions in my breast abound;
Fear leagu'd to Joy, Hope and Despair together,[2]
Sighs bound to smiles; my heart though prone
to either.

---

1 Marvel. G.

2 Cf. Musæus ' *Hero and Leander* '. G.

While both it would obey, 'twixt both obeyeth
   neither.

8.

Oft blushing flames leap up into my face ;
My guiltlesse cheek such purple flash admires :
Oft stealing tears slip from mine eyes apace,
As if they meant to quench those causelesse fires.
My good I hate, my hurt I glad embrace :
My heart though griev'd, his grief as joy desires :
   I burn, yet know no fuel to my firing :
   My wishes know no want, yet still desiring :
Hope knows not what to hope yet still in hope
   aspiring.

9.

Thirsil.

Too true my fears : alas, no wicked sprite,
No writhel'd[1] witch, with spells or powerfull
   charms,
Or hellish herbs digg'd in as hellish night,
Gives to thy heart these oft and fierce alarms :
But Love, too hatefull Love, with pleasing spite,
And spitefull pleasure, thus hath bred thy harms,
   And seeks thy mirth with pleasance to destroy.

---

1 Withered or wrinkled. See Note 10, at end. G.

'Tis Love, my Thomalin, my liefest[1] boy;
'Tis Love robs me of thee, and thee of all thy joy.

10.

Thomalin.

Thirsil, I ken not what is hate or love,
Thee well I love, and thou lov'st me as well;
Yet joy, no torment, in this passion prove:
But often have I heard the fishers tell,
He's not inferiour to the mighty Jove;
Jove heaven rules, Love Jove, Heav'n, Earth, and
    Hell:
  Tell me, my friend, if thou dost better know:
  Men say, he goes arm'd with his shafts and bow;
Two darts, one swift as fire, as lead the other slow.

11.

Thirsil.

Ah heedlesse boy! Love is not such a lad,
As he is fancy'd by the idle swain;
With bow and shafts and purple feathers clad;
Such as Diana (with her buskin'd train
Of armèd Nymphs, along the forrest's glade
With golden quivers) in Thessalian plain,
  In level race outstrips the jumping deer

---

  1 dearest. G.

With nimble feet ; or with a mighty spear
Flings down a bristled bore or els a squalid[1] bear.

12.

Love's sooner felt then seen : his substance thinne
Betwixt those snowy mounts in ambush lies :
Oft in the eyes he spreads his subtil ginne ;
He therefore soonest winnes that fastest flies.
Fly thence my deare, fly fast, my Thomalin :
Who him encounters once, for ever dies :
   But if he lurk between the ruddy lips,
   Unhappie soul that thence his nectar slips,
While down into his heart the sugred poison slips !

13.

Oft in a voice he creeps down through the eare :
Oft from a blushing cheek he lights his fire :
Oft shrouds his golden flame in likest[2] hair.

---

1 This recals Ovid's
   ' Ursa per incultos errabat *squalida* montes '
               (Fasti ii., 181) = rough.   G.
2 This peculiar word '*likest*' = the golden sunlight in
resembling golden hair, reminds me of an overlooked
parallel in " Brittain's Ida " that ought to have been
adduced in its place (Vol. I., pp. 34—37) viz : c. iv., st.
9th, line 2,
    " Cupid's selfe with his *like* face delighted.'

Oft in a soft-smooth skin doth close retire,
Oft in a smile, oft in a silent tear :
And if all fail, yet Vertue's self he'l hire :
   Himself's a dart, when nothing els can move.
   Who then the captive soul can well reprove,
When Love and Vertue's self become the darts of
   Love

14.

Thomalin.

Sure, Love it is, which breens this burning fever :
For late (yet all too soon) on Venus' day,
I chanc't (Oh cursed chance, yet blessed ever !)
As carelesse on the silent shores I stray,

I take this opportunity of another reference to "Brittain's
Ida", to ask if HERRICK in his 'Hesperides' may not
have reference in one of his dainty couplets to a line
therein, to wit c. ii, st 3d, 4—5 :
   " And scattered rayes did make a doubtful sight,
   Like to the first of day or last of night."

HERRICK thus sings of
TWILIGHT.
   " Twilight no other thing is, poets say,
   Than the last part of night, and first of day."
     (Works by HAZLITT (1869) Vol II.. p. 297 and cf.
       p. 342). The 'Hesperides' was published in
       1648, or twenty years after "Brittain's Ida." G.

Five Nymphs to see (five fairer saw I never)
Upon the golden sand to dance and play :
   The rest among, yet farre above the rest,
   Sweet Melite, by whom my wounded breas t,
Though rankling still in grief, yet joyes in his
     unrest.

15.

There to their sportings while I pipe, and sing,
Out from her eyes I felt a firie beam,
And pleasing heat (such as iu first of Spring
From Sol, inn'd[1] in the Bull, do kindly stream)
To warm my heart, and with a gentle sting
Blow up desire : yet little did I dream
   Such bitter fruits from such sweet roots could
     grow,
   Or from so gentle eye such spite could flow :
For who could fire expect hid in an hill of snow ?

16.

But when those lips (those melting lips) I prest,
I lost my heart, which sure she stole away :
For with a blush she soon her guilt confest,
And sighs (which sweetest breath did soft convey)

---

1 See 'The Purple Island' canto I. stanza I. and
note. G.

Betraid her theft : from thence my flaming breast
Like thundring Ætna burns both night and day :
  All day she present is, and in the night
  My wakefull fancie paints her full to sight :
Absence her presence makes, darknes presents her
    light.

17.

Thirsil.

Thomalin, too well those bitter-sweets I know,
Since fair Nicæa bred my pleasing smart :
But better times did better reason show,
And cur'd those burning wounds with heav'nly
    art.
Those storms of looser fire are laid full low ;
And higher Love safe anchours in my heart :
  So now a quiet calm does safely reigne.
  And if my friend think not my counsel vain ;
Perhaps my art may cure, or much asswage thy
    pain.

18.

Thomalin.

Thirsil, although this witching grief doth please
My captive heart, and Love doth more detest

The cure and curer, then the sweet disease ;
Yet if my Thirsil doth the cure request,
This storm which rocks my heart in slumbring case,
Spite of it self, shall yeeld to thy behest.

Thirsil.

Then heark how Tryphon's self did salve my
    paining,
While in a rock I sat of love complaining ;
My wounds with herbs, my grief with counsel
    sage restraining.

19.

But tell me first ; Why should thy partial minde
More Melite, then all the rest approve ?

Thomalin.

Thirsil, her beautie all the rest did blinde,
That she alone seem'd worthy of my love.
Delight upon her face, and sweetnesse, shin'd :
Her eyes do spark as starres, as starres do move :
    Like those twin-fires, which on our masts appear,

---

1 Lord Woodhouselee, as before, has a good note here :
" The appearance of a light or fire on the top of the mast,
is well known and familiar to sailors. The ancients who
understood not the principles of electricity, from which
this phenomenon is accounted for, supposed it a mark
either of the favour or displeasure of the gods ; for when

And promise calms. Ah that those flames so
    clear
To me alone should raise such storms of hope and
    fear !

20.

Thirsil.

If that which to thy minde doth worthiest seem,
By thy wel-temper'd soul is most affected;
Cans't thou a face worthy thy love esteem ?
What in thy soul then love is more respected ?
Those eyes which in their spheare thou, fond, dost
    deem
Like living starres, with some disease infected,
    As dull as leaden drosse : those beauteous rayes,
    So like a rose, when she her breast displayes,
Are like a rose indeed ; as sweet, as soon decayes.

---

only one fire was seen upon the mast, it was accounted
an unlucky omen and presaging a storm, when two ap-
peared, it was favourable and promising good weather.
These lights had sometimes the names of Castor and Pollux,
who were the sons of Jupiter by Leda, and were supposed
to be transformed into stars. Concerning this belief of
the ancients, see Phiny lib. 2., c 27. ,Hygin. lib. 27 :
Horace, lib. 1. Od 12. See also Magellan's Voyages,
where they are mentioned by the names of St. Helen,
St. Nicholas and St. Clare." G.

    T

21.

Art thou in love with words? her words are winde,
As flit[1] as is their matter, flittest aire.
Her beautie moves? can colours move their minde?
Colours in scornèd weeds more sweet and fair.
Some pleasing qualitie thy thoughts doth binde?
Love then thy self.   Perhaps her golden hair?
　False metall, which to silver soon descends!
　Is't pleasure then which so thy fancie bends?
Poore pleasure, that in pain begins, in sorrow ends!

22.

What? is't her company so much contents thee?
How would she present stirre up stormy weather,
When thus in absence present she torments thee!
Lov'st thou not one, but all these joyn'd together?
All's but a woman.   Is't her love that rents thee?
Light windes, light aire;   her love more light then
　　either.
　If then due worth thy true affection moves,
　Here is no worth. Who some old hagge approves,
And scorns a beauteous spouse, he rather dotes
　　then loves.

---

1 Fleet — evanescent.   G.

23.

Then let thy love mount from these baser things,
And to the Highest Love and worth aspire:
Love's born of fire, fitted with mounting wings;
That at his highest he might winde him higher;
Base love, that to base earth so basely clings!
Look as the beams of that celestiall fire
    Put out these earthly flames with purer ray:
    So shall that love this baser heat allay,
And quench these coals of earth with his more
      heav'nly day.

24.

Raise then thy prostrate love with tow'ring thought;
And clog it not in chains and prison here:
The God of fishers, deare thy love hath bought:
Most deare He loves: for shame, love thou as
      deare.
Next, love thou there, where best thy love is
      sought;
My self, or els some other fitting peer.
    Ah might thy love with me for ever dwell!
    Why should'st thou hate thy Heav'n, and love
      thy Hell?
She shall not more deserve, nor cannot love so well.

25.

Thus Tryphon once did wean my fond affection ;
Then fits a salve unto th' infected place,
(A salve of soveraigne and strange confection)
Nepenthe mixt with rue and herb-de-grace :
So did he quickly heal this strong infection,
And to my-self restor'd my-self apace.
   Yet did he not my love extinguish quite :
   I love with sweeter love and more delight :
But most I love that Love, which to my love ha's
    right.

26.

Thomalin.

Thrice happy thou that could'st! my weaker
    minde
Can never learn to climbe so lofty flight.
Thirsil.
If from this love thy will thou can'st unbinde ;
To will, is here to can : will, gives thee might :
'Tis done, if once thou wilt ; 'tis done, I finde.
Now let us home : for see, the creeping Night
   Steals from those further. waves upon the Land.
    To-morrow shall we feast ; then hand in hand
Free will we sing, and dance along the golden sand.

Eclogue VII.

THE PRIZE.

Thirsil, Daphnis, Thomalin.

1.

 URORA from old Tithon's frosty bed
    (Cold, wintry, wither'd Tithon) early
      creeps;
Her cheek with grief was pale, with anger red;
Out of her window close she blushing peeps;
Her weeping eyes in pearled dew she steeps,
Casting[1] what sportlesse nights she ever led:
She dying lives, to think he's living dead.
   Curst be, and cursèd is that wretched sire,
    That yokes green youth with age, want with
      desire.
Who ties the sunne to snow? or marries frost to
    fire?

2.

The morn saluting, up I quickly rise,
And to the green I poste; for on this day
Shepherd and fisher-boyes had set a prize,

---

1 Reckoning = casting up.   G.

Upon the shore to meet in gentle fray,
Which of the two should sing the choicest lay;
Daphnis the shepherds' lad, whom Mira's ey[e]s
Had kill'd; yet with such wound he gladly dies:
　　Thomalin the fisher, in whose heart did reigne
　　Stella; whose love his life, and whose disdain
Seems worse then angry skies or never-quiet main.

3

There soon I view the merry shepherd-swains
March three by three, clad all in youthfull green:
And while the sad recorder¹ sweetly plains,
Three lovely nymphs (each several row between,
More lovely nymphs could no where els be seen,
Whose faces' snow their snowy garments stains)
With sweeter voices fit their pleasing strains.
　　Their flocks flock round about; the hornèd
　　rammes
　　And ewes go silent by, while wanton lambes
Dancing along the plains, forget their milky dammes.

---

1 A musical instrument: so MILTON
　　　　　　　" Anon they move
　　In perfect phalanx to the Dorian mood
　　Of flutes and soft *recorders*."
　　　　　　　　(P. L. I. 549—551.)　G.

4.

Scarce were the shepherds set, but straight in sight
The fisher-boyes came driving up the stream ;
Themselves in blue, and twenty sea-nymphs bright
In curious robes, that well the waves might seem :
All dark below, the top like frothy cream :
Their boats and masts with flowres and garlands
      dight ;
And round the swannes guard them with armies
      white :
  Their skiffes by couples dance to sweetest sounds,
  Which running cornets breath to full plain
      grounds,
That strikes the river's face, and thence more sweet
     rebounds.

5.

And now the nymphs and swains had took their
     place ;
First those two boyes ; Thomalin the fishers' pride,
Daphnis the shepherds : nymphs their right hand
     grace ;
And choicest swains shut up the other side :
So sit they down in order fit appli'd ;
Thirsil betwixt them both, in middle space ;

(Thirsil their judge, who now's a shepherd[1] base,
  But late a fisher-swain, till envious Chame
  Had rent his nets, and sunk his boat with
    shame.
So robb'd the boyes of him, and him of all his
    game.)

6.

So as they sit, thus Thirsil 'gins the lay ;
You lovely boyes, (the woods and Ocean's pride)
Since I am judge of this sweet peaceful fray,
First tell us where and when your Loves you spied :
And when in long discourse you well are tried,
Then in short verse by turns we'l gently play :
In love begin, in love we'l end the day.
  Daphnis, thou first ; to me you both are deare :
  Ah, if I might, I would not judge, but heare ;
Nought have I of a judge but an impartiall eare.

7.

Daphnis.

Phœbus, if as thy words, thy oaths are true ;
Give me that verse which to the honour'd bay

---

  1 Here = a humble ' pastor' or cleric.   Cf. the elder
Fletcher's *de contemptu Prædicatorum.*   Vol I. p xliii. *ante.*
G.

(That verse which by thy promise now is due)
To honour'd Daphne in a sweet-tun'd lay
(Daphne thy chang'd, thy love unchangèd aye)
  Thou sangest late, when she now better staid,
  More humane when a tree then when a maid,
Bending her head, thy love with gentle signe re-
     paid.

8.

What tongue, what thought can paint my love's
     perfection ?
So sweet hath nature pourtray'd every part,
That art will prove that artist's imperfection,
Who, when no eye dare view, dares limme her
     face.
Phœbus, in vain I call thy help to blaze[1]
  More light then thine, a light that never fell :
  Thou tell'st what's done in Heav'n, in Earth, and
     Hell :
Her worth thou mayst admire; there are no
     words to tell.

9.

She is like thee, or thou art like her, rather :
Such as her hair, thy beams ; thy single light,

---

1 Blazon.   G.

As her twin-sunnes : that creature then, I gather,
Twice heav'nly is, where two sunnes shine so
        bright :
So thou, as she confound'st the gazing sight :
    Thy absence is my night, her absence hell.
    Since then in all thy self she doth excell,
What is beyond thy-self, how canst thou hope to
        tell ?

10.

First her I saw, when tyr'd with hunting toyl,
In shady grove spent with the weary chace,
Her naked breast lay open to the spoil ;
The crystal humour trickling down apace,
Like ropes of pearl, her neck and breast enlace :
    The aire (my rivall aire) did coolly glide[1]
    Through every part: such when my love I spi'd,
So soon I saw my Love, so soon I lov'd and di'd.

11.

Her face two colours paint ; the first a flame,
(Yet she all cold) a flame in rosie die,
Which sweetly blushes like the Morning's shame :

---

1 Lord Woodhouselee, as before, remarks, " That the
air has been a lover's rival is known from the beautiful
story of Cephalus and Procris. Ovid, Met. b. vii. " G.

The second snow such as on Alps doth lie,
And safely there the sunne doth bold defie :
  Yet this cold snow can kindle hot desire.
  Thou miracle; mar'l not, if I admire,
How flame should coldly freez, and snow should
        burn as fire.

12.

Her slender waste, her hand, that dainty breast,
Her cheek, her forehead, eye, and flaming hair,
And those hid beauties, which must sure be best ;
Of vain to speak, when words will more impair :
In all the fairs she is the fairest fair.
  Cease then vain words ; well may you shew
        affection,
  But not her worth : the minde her sweet
        perfection
Admires : how should it then give the lame tongue
      direction ?

13.

Thomalin.

Unlesse thy words be flitting[1] as thy wave,
Proteus, that song into my breast inspire,
With which the Seas (when loud they rore and rave)

---

1 Fleeting. G.

Thou softly charm'st, and winde's intestine ire
(When 'gainst Heav'n, Earth, and Seas they did
    conspire)
  Thou quiet laid'st: Proteus, thy song to heare,
   Seas listning stand, and windes to whistle fear;
The lively delphins[1] dance, and brisly[2] scales give
    care.

14.

Stella, my starre-like love, my lovely starre
Her hair a lovely brown, her forehead high,
And lovely fair; such her cheek's roses are:
Lovely her lip, most lovely is her eye:
And as in each of these all love doth lie;
  So thousand loves within her minde retiring,
   Kindle ten thousand loves with gentle firing.
Ah let me love my Love, not live in Love's admiring!

15.

At Proteus' feast, where many a goodly boy,
And many a lovely lasse did lately meet;
There first I found, there first I lost my joy:
Her face mine eye, her voice mine eare did greet;
While eare and eye strove which should be most
    sweet,

---

1 Dolphins. G.   2 Bristled = furred. G.

That face or voice : but when my lips at last
Saluted hers, those senses strove as fast,
Which most those lips did please ; the eye, care,
    touch, or taste.

16.

The eye sweares, never fairer lip was eyed ;
The care with those sweet relishes delighted,
Thinks them the spheares ; the taste that nearer
    tried
Their relish sweet, the soul to feast invited ;
The touch, with pressure soft more close united,
   Wisht ever there to dwell ; and never cloyed,
   (While thus their joy too greedy they enjoyed)
Enjoy'd not half their joy, by being overjoyed.[1]

17.

Her hair all dark, more clear the white doth show,
And with its Night her face's Morn commends :
Her eye-brow black, like to an ebon bow ;
Which sporting Love upon her forehead bends,
And thence his never-missing arrow sends.
   But most I wonder how that jetty ray,

---

1 This is one of many parts of these Eclogues that
establish the Fletcher-authorship of "Brittain's Ida.' See
Vol. I., pp. 15—16 and 106.   G.

Which those two blackest sunnes do fair
    display,
Should shine so bright, and Night should make so
    sweet a Day.

18.

So is my love an Heav'n; her hair a Night,
Her shining forehead Dian's silver light:
Her eyes the starres; their influence delight:
Her voice the sphears; her cheek Aurora bright:
Her breast the globes, where Heav'ns path milkie
    white
    Runnes 'twixt those hills: her hand (Arion's
        touch)
As much delights the eye, the eare as much.
Such is my Love, that but my Love, was never
    such.

19.

Thirsil.

The Earth her robe, the Sea her swelling tide;
The trees their leaves, the moon her divers face;
The starres their courses, flowers their springing
    pride;
Dayes change their length, the Sunne his daily
    race :

Be constant when you love ; Love loves not
   ranging :
Change when you sing ; Muses delight in
   changing.

20.

Daphnis.

Pan loves the pine-tree ; Jove the oak approves ;
High populars[1] Alcides' temples crown :
Phœbus, though in a tree, still Daphne loves,
And hyacinths, though living now in ground :
   Shepherds, if you your selves would victours see,
   Girt then this head with Phoebus' flower and tree.

21.

Thomalin.

Alcinous' peares, Pomona apples bore :
Bacchus the vine, the olive Pallas chose :
Venus loves myrtils, myrtils love the shore :
Venus Adonis loves, who freshly blowes,
   Yet breathes no more : weave, lads, with myrtils
      roses,
And bay and hyacinth, the garland loses.

---

1 Poplars. G.

22.

Daphnis.

Mira, thine eyes are those twin heav'nly powers,
Which to the widow'd Earth new offspring bring:
No marvel then, if still thy face so flowers,
And cheeks with beauteous blossomes freshly
    spring :
  So is thy face a never-fading May :
  So is thine eyes a never-falling day.

23.

Thomalin.

Stella, thine eyes are those twin-brothers fair,
Which tempests slake, and promise quiet Seas :
No marvel then if thy brown shadie hair,
Like Night, portend sweet rest and gentle ease.
  Thus is thine eye an ever-calming light :
  Thus is thy hair a lover's ne'r-spent night.

24.

Daphnis.

If sleepy poppies yeeld to lilies white ;
If black to snowy lambs ; if night to day ;
If Western shades to fair Aurora's light ;
Stella must yeeld to Mira's shining ray.
  In day we sport, in day we shepherds toy :
  The night, for wolves ; the light, the shepherd's
    joy.

25.

Thomalin.

Who white-thorn equalls with the violet?
What workman rest compares with painfull light?
Who weares the glaring glasse, and scorns the jet?
Day yeeld to her, that is both day and night.
 In night the fishers thrive, the workmen play;
 Love loves the Night; Night's lover's holy-day.[1]

26.

Daphnis.

Fly thou the seas, fly farre the dangerous shore:
Mira, if thee the King of Seas should spie,
He'l think Medusa (sweeter then before)
With fairer hair and double fairer eye,
 Is chang'd again; and with thee ebbing low,
 In his deep courts again will never flow.

27.

Thomalin.

Stella, avoid both Phœbus' care and eye:
His musicke he will scorn, if thee he heare:

---

1 Cf. Vol. I., p. 16. So also Randolph, as before:
 " Put out the torch, Love loves no lights,
 Those that perform his mistick rites
 Must pay their orisons by nights.'. (p. 36). G.

 U

Thee Daphne (if thy face by chance he spie)
Daphne now fairer chang'd, he'l rashly sweare :
   And viewing thee, will later rise and-fall ;
   Or viewing thee, will never rise at all.

28.

Daphnis.

Phœbus and Pan both strive my love to gain,
And seek by gifts to winne my carelesse heart ;
Pan vows with lambes to fill the fruitfull plain ;
Apollo offers skill, and pleasing art :
   But Stella, if thou grant my suit, a kisse ;
   Phœbus and Pan their suit, my love, shall misse.

29.

Thomalin.

Proteus himself, and Glaucus seek unto me ;
And twenty gifts to please my minde devise :
Proteus with songs, Glaucus with fish doth woo
   me :
Both strive to winne, but I them both despise :
   For if my Love my love will entertain,
   Proteus himself and Glaucus, seek in vain.

30.

Daphnis.

Two twinne, two spotted lambes, (my song's reward)

With them a cup I got, with Jove assumèd
New shapes, to mock his wive's too jealous guard ;
Full of Jove's fires it burns still unconsumèd :
  But Mira, if thou gently deigne to shine,
  Thine be the cup, the spotted lambes be thine.

31.

Thomalin.

A pair of swannes are mine, and all their train ;
With them a cup, which Thetis' self bestowed,
As she of love did heare me sadly plain :
A pearled cup, where nectar oft hath flowed
  But if my love will love the gift and giver ;
  Thine be the cup, thine be the swannes for ever.

32.

Daphnis.

Thrice happy swains ! thrice happy shepherds' fate !
Thomalin.
Ah blessed life ! ah blessed fishers state !
Your pipes asswage your love ; your nets maintain
    you.
Daphnis.
  Your lambkins clothe you warm ; your flocks
    sustain you :
You fear no stormie seas, or tempests roaring.

Thomalin.

You sit not, rots or burning starres, deploring:
In calms you fish; in roughs use songs and dances.

Daphnis.

More do you fear your Love's sweet-bitter glances,
Then certain fate or fortune ever changing.

Thomalin.

Ah that the life in seas so safely ranging,
Should with Love's weeping eye be sunk and
　　drown'd !

Daphnis.

The shepherd's life Phœbus a shepherd crown'd,
His snowy flocks by stately Peneus leading.

Thomalin.

What herb was that, on which old Glaucus
　　feeding,
Grows never old, but now the gods augmenteth?

Daphnis.

Delia her self her rigour hard relenteth:
To play with shepherd's boy she's not ashamèd.

Thomalin.

Venus, of frothy seas thou first was framèd;
The waves thy cradle: now Love's Queen art
　　namèd.

33.

Daphnis.

Thou gentle boy, what prize may well reward thee?

So slender gift as this not half requites thee.
May prosperous starres and quiet seas regard thee ;
But most, that pleasing starre that most delights
thee :
May Proteus still and Glaucus dearest hold thee ;
But most, her influence all safe infold thee :
May she with gentle beams from her fair sphear
behold thee.

34.

Thomalin.

As whistling windes 'gainst rocks their voices
tearing ;
As rivers through the valleys softly gliding ;
As haven after cruel tempests fearing :
Such, fairest boy, such is thy verses sliding.
Thine be the prize : may Pan and Phœbus grace
thee ;
Most, whom thou most admir'st may she embrace
thee;
And flaming in thy love, with snowy arms enlace
thee.

35.

Thirsil.

You lovely boyes, full well your art you guided ;
That with your striving songs your strife is ended :

So you yourselves the cause have well decided ;
And by no judge can your award be mended.
Then since the prize for onely one intended
  You both refuse, we justly may reserve it,
  And as your offering in Love's temple serve it ;
Since none of both deserve, when both so well
    deserve it.

36.

Yet, for such songs should ever be rewarded ;
Daphnis, take thou this hook of ivory clearest,
Giv'n me by Pan, when Pan my verse regarded :
This fears the wolf, when most the wolf thou
    fearest.
But thou, my Thomalin, my love, my dearest,
  Take thou this pipe, which oft proud storms
      restrained ;
  Which, spite of Chamus spite, I still retained ;
Was never little pipe more soft, more sweetly
    plained.

37.

' And you, fair troop, if Thirsil you disdain not,
Vouchsafe with me to take some short refection.
Excesse, or daints[1] my lowly roofs maintain not ;

----

1 Dainties. G.

Peares, apples, plummes, no sug'red-made con-
    fection.
So up they rose, and by Love's sweet direction
Sea-nymphs with shepherds sort[2] : sea-boyes com-
    plain not
That wood-nymphs with like love them entertain
    not.
  And all the day to songs and dances lending,
  Too swift it runnes, and spends too fast in spend-
    ing.
With day their sports began, with day they take
    their ending.

---

2 Consort = mingle.   G.

Additional Notes and Illustrations.

***

1. Eclogue I, st. 3rd, page 239:

'The while to seas and rocks--poor swain!- he sang;
  The while the seas and rocks answ'ring, round echoes
    rang.'

Lord Woodhouselee as before, annotates as follows here:
"The scene here is finely imagined, and most beautifully
described. The numbers too, especially the change and
repetition of words in the two last lines of the stanza,
have a fine effect on a musical ear. Dryden, that great
master of harmony in numbers, has often used this
change in the same words with admirable effect:

"The fanning wind upon her bosom blows,
  To meet the fanning wind the bosom rose;
  The fanning wind and purling streams continue her
    repose."

Cymon and Iphigenia.

2. Eclogue I, st. 7th, page 241: '*learned Chamus.*' Cf.
Milton in 'Lycidas'—

"Next Camus, reverend sire, went footing slow
  His mantle hairy, and his bonnet sedge,
  Inwrought with figures dim, and on the edge
  Like to that sanguine flower inscrib'd with woe."

(103—106)

As shewn in our Essay (Vol. I. p. ccxiii) MILTON probably drew his '*footing slow*' from our GILES FLETCHER. I note however in addition, that HENRY MORE had before Milton, appropriated the word repeatedly, *e. g.*

> 1. "March out with joy, retreat with footing slow."
> (Psychozoia p. 21, as before)
> 2. "Ag'd Hypom'ne trod with footing slow."
> (Ibid p. 69, as before)
> 3. "With stony staring eyes, and footing slow."
> (Antipsychopannychia p. 252, as before)

Cf Spenser, F. Q. I. iii. 10.

3. Eclogue II, st. 16th, page 246 : '*fire-drake*' : Herrick of 'Hesperides' has the the word, in one of the newly-published poems, viz. "his farewell vnto Poetrie"

> ...."Thou mads't mee flye
> Like fier-drakes, yett didst mee no harme thereby."
> (Works by Hazlitt, as before, Vol. II. p. 440)

So also HENRY VAUGHAN, the Silurist :

> "False stars and fire-drakes, and deceits of night."
> ('The hidden Treasure'.)

4. Eclogue III, st. 3rd, page 263: On the sentiment of this stanza, cf. "Brittain's Ida" c. IV. st. 7th, and c. V. st. 4th.

5. Eclogue IV, st. 18th, page 274 : "Ah ! cruel spite, and spitefull crueltie." Cf. Purple Island, c. I. st. 6th.

6 Eclogue IV, st. 14—19, pages 274—276 : 'clergy'. Cf. MILTON in LYCIDAS, lines 64—65 and 113—130 *et alibi* for equally severe language.

7. Eclogue V, st. 1st, page 281 : "where lordly TRENT kisses the DARWIN coy." The Trent rises on the borders of Cheshire and falls into the Humber. The Darwin or Derwent, rising in the peak-hills of Derbyshire falls into the Trent below Elwaston. Our Poet seems thus to have been resident in Derbyshire at one period—one of (I fear) many un-written chapters in his Life. We must hope for more ultimately.

8. Eclogue V, st. 14, page 289 : ' un-hide the sore.' All who have studied the vehement word-warfare between HENRY MORE, of Cambridge, and that oddest-brained genius THOMAS VAUGHAN, twin-brother of The Silurist —than which there is nothing comparable in all D'Israeli's ' Quarrels of Authors '—will remember one trenchant bit in " The Second Wash or The Moore Scour'd " (1651), wherein the Platonist's mysticism and scholarship alike are treated somewhat irreverently. Thence I fetch a sentence that illustrates a frequent form of verb in our Poet, as un-breast, un-hide, &c., &c.   More has observed, " I say the force and warrant both of nouns and verbs is from their use, &c." To this, EUGENIUS PHILALETHES after some keen retorts, answers " The naturall force or signification of words is that which renders them fit for use, and if we use them contrary to that force, we shall speak *bulls*, as thou hast done in thy Observations. I will give thee an instance : Thou dost aske me if I can *unbare* the substance of a *form* ? Thy meaning is, if I can make it *bare* or *discover* it, but the *use* which thou hast made of this term, being contray to its naturall energie or signification, hath made thee speak nonsense : for to unbare, if there be any such word beyond thy scriblings, is to cover not to discover," &c., &c.   (page 16, 17)

9.   Eclogue V, st. 17th, page 291: '*because thou art wounded.*'   This reminds us of the Latin anagram on Elizabeth Vincent, the Poet's 'valentine' and afterwards 'wife.'   Cf. Memoir, Vol. 1. p. xcvii.

· 10 Eclogue VI, st. 9th, page 298 : '*writhel'd*'.   LOVE-LACE has this word in his '*Amarantha*',

> " Her body writheld, and her eyes
> Departing lights at obsequies."
> (Works, as before, p. 64)

Mr. Hazlitt *in loco* notes it as ' uncommon ' : but I have met with it frequently, and our Fletcher in text furn-ishes an additional example.

11. Eclogue VII, st. 32nd, page 324 :

> "Venus, of frothy seas, thou first was framèd".

From Verses affixed (among others) to Bp. Hopkin's fune-ral Sermon for Algernon Grevil, 2nd brother to Robert, Lord Brook (4o 1663) by A. C. (c. c. c.)   I cull this good couplet illustrative of the text:

> " How oft did Truth out of this foame arise
> And like a Venus from the froath surprize."   **G.**

Epilude.

—

Since the issue of our edition of GILES FLETCHER, in accord with my expectation, as stated in foot-note of the Memorial-Introduction (pages 32-33), I have received just as I had passed the present volume at Press,—from my admirable friend and fellow book-lover, Joshua Wilson, Esq., of Neville Park, Tunbridge Wells, a *complete* copy of the hitherto-regarded unique "Reward of the Faithfull" therein described. Accordingly I give here the title-page that is awanting in Mr. Napier's copy :

THE

REWARD

of the Faithfull.

Matth. 5, 6.

They shall be satisfied.

THE LABOVR OF

the Faithfull.

Genes. 20, 12.

Then Isaac sowed in that Land.

THE GROVNDS

of our Faith.

Acts 10, 43.

To him giue all the Prophets wit-
nesse.

Printed for LEONARD
GREENE and are to
be sold at the signe of the *Tal-*
bot in Pater-noster-row.

1623.

It will be noticed that the date as we conjectured is '1623.' The 'Contents' in full, occupy 5 pages,

As I am adding this '*Epilude*' (again appropriating 'The Doctor's' word) I may as well note here a few '*escapes*' or '*errata*' in this Volume : and the Apology of good JOHN SHEFFIELD may introduce them : " Reader, If thou be not ingenuous, thou hast greater faults of thy own to look over ; and if thou bee, greater of mine then literal or vocular to overlook: pass by another's, amend thy own but think not to mend thy own at the end of thy Death-Book, bnt have a care to avoid or amend them all along in thy Bock of Life, so wilt thou be sure to .... Farewell."

(" The Rising Sun ... ... a Theological
Sun-Dyal," 1654.)

Page 70, st. 11, line 6, read, inflesht.

Page 74, st. 20, line 4, read, himselfe.

Page 106, st. 39, line 7, read, night for sight.

Page 109, st. 3, line 8, read, be for he.

Page 110, st. 4, line 4, read, prospers for prospres.

Page 117, st. 16, line, 7, read, are for as.

Page 125, st. 31, line 5, delete the second ' with.'

Page 139, st. 16, line 1, delete the second ' all'.

Page 179, line 3 from bottom, delete this line, repeated by mistake.

Page 184, line 8 from top, read, o'er.

Page 204, note 3, line 3, read, c. III., st. 37, line 9.

Page 239, line 3, read, echoes.

Page 248, line 8, read, from.

Page 248, foot-note 1, read going-about = ranging.
Page 275, foot-note, supply =.
Page 301, line 9, read, breeds.
also some misplaced letters and omitted apostrophes.

End of Vol. II.